KB020289

봄날의책 세계시인선

IBARAGI NORIKO ZENSHISHU

Copyright © 2010 by Noriko Ibaragi

Original Japanese edition published by Kashinsya.

Korean translation rights arranged with Kashinsya through The English Agency

(Japan) Ltd. and Duran Kim Agency.

이 책의 한국어판 저작권은 듀란킴에이전시를 통해 카신샤와

독점 계약한 봄날의책에 있습니다. 저작권법에 의해 한국 내에서 보호를 받는

저작물이므로 무단 전재 및 무단 복제를 금합니다.

처음 가는 마을

봄날의책 세계시인선

이바라기 노리코 지음   정수윤 옮김

봄날의책

일러두기
　　한 편의 시가 다음 페이지로 이어질 때 연이 나뉘면 여섯 번째 행에서,
　　연이 나뉘지 않으면 첫 번째 행에서 시작한다.

차례

처음 가는 마을

伝説

青春が美しい　というのは
伝説である
からだは日々にみずみずしく増殖するのに
こころはひどい囚れびと　木偶の坊
青春はみにくく歪み　へまだらけ
ちぎっては投げ　ちぎっては投げ
どれが自分かわからない
残酷で　恥多い季節
そこを通ってきた私にはよく見える

青春は
自分を探しに出る旅の　長い旅の
靴ひも結ぶ　暗い未明のおののきだ

ようやくこころが自在さを得る頃には
からだは　がくりと　衰えてくる
人生の秤はいやになるほど
よくバランスがとれている
失ったものに人々は敏感だから
思わず知らず叫んでしまう
〈青か春は　美しかりし！〉と

전설

청춘이 아름답다는 것은
전설이다
몸은 나날이 생기 있게 증식하는데
마음은 꽁꽁 갇힌 목각인형
청춘은 일그러진 실수투성이
닥치는 대로 싸워나가면서도
무엇이 자신인지 알지 못한다
잔혹하고 부끄럼 많은 계절
그곳을 지나온 내게는 잘 보인다

청춘은
나를 찾아 떠나는 긴긴 여행길에
신발끈을 조여 매는 어둔 미명의 전율이다

이윽고 마음이 자유로워질 때쯤
몸은 맥이 탁 풀리며 쇠퇴해간다
인생의 저울은 진저리가 나도록
균형이 잘 잡혀 있다
사람들은 잃어버린 것에 민감하기에
자기도 모르게 외치는 것이다
"푸르른 청춘은 아름다웠도다!"라고

行方不明の時間

人間には
行方不明の時間が必要です
なぜかはわからないけれど
そんなふうに囁くものがあるのです

三十分であれ　一時間であれ
ポワンと一人
なにものからも離れて
うたたねにしろ
瞑想にしろ
不埒なことをいたすにしろ

遠野物語の寒戸の婆のような
ながい不明は困るけれど
ふっと自分の存在を掻き消す時間は必要です

행방불명의 시간

인간에게는
행방불명의 시간이 필요합니다
이유를 설명할 수는 없지만
그렇게 속삭이는 무언가가 있습니다

삼십 분도 좋고   한 시간도 좋고
멍하니 혼자
외따로 떨어져
선잠을 자든
몽상에 빠지든
발칙한 짓을 하든

전설 속 사무토 할머니처럼*
너무 긴 행방불명은 곤란하겠지만
문득 자기 존재를 감쪽같이 지우는 시간은 필요합니다

所在　所業　時間帯

日々アリバイを作るいわれもないのに

着信音が鳴れば

ただちに携帯を取る

道を歩いているときも

バスや電車の中でさえ

〈すぐに戻れ〉や〈今　どこ？〉に

答えるために

遭難のとき助かる率は高いだろうが

電池が切れていたり圏外であったりすれば

絶望はさらに深まるだろう

シャツ一枚　打ち振るよりも

私は家に居てさえ

ときどき行方不明になる

ベルが鳴っても出ない

電話が鳴っても出ない

今は居ないのです

언제   어디서   무얼 하는지
그날그날 알리바이를 만들 필요도 없는데
길을 걸을 때나
버스나 전철 안에서도
전화벨이 울리면
곧장 휴대전화를 쥡니다
"빨리 와"나 "지금 어디야?"에
응답하기 위해

조난당했을 때 구조될 확률은 높아지겠지만
배터리가 나가거나 통화권 밖이라면
절망은 더 깊어지겠지요
차라리 셔츠 한 장   휘두르는 게 낫지

저는 집에 있어도
종종 행방불명이 됩니다
초인종이 울려도 나가지 않습니다
전화벨이 울려도 받지 않습니다
지금은 여기 없기 때문입니다

目には見えないけれど

この世のいたる所に

透明な回転ドアが設置されている

無気味でもあり　素敵でもある　回転ドア

うっかり押したり

あるいは

不意に吸いこまれたり

一回転すれば　あっという間に

あの世へとさまよい出る仕掛け

さすれば

もはや完全なる行方不明

残された一つの愉しみでもあって

その折は

あらゆる約束ごとも

すべては

チャラよ

세상 곳곳에는
눈에 보이지 않는
투명한 회전문이 있습니다
으스스하기도 멋있기도 한 회전문
무심코 밀고 들어가기도 하고
때로는
별안간 빨려 들어가기도 하고
한번 돌면 눈 깜짝할 사이에
저쪽 세계를 방황하게 되는 구조
그리 되면
이미 완전한 행방불명
제게 남겨진 단 하나의 즐거움입니다
그때에는
온갖 약속의 말들도
모조리
없었던 일이 됩니다

* 행방불명됐던 소녀가 어느 날 갑자기 할머니가 되어 나타났다는
  일본의 전설. 『도노 모노가타리(遠野物語)』(1910)에 실려 있다.

答

ばばさま
ばばさま
今までで
ばばさまが一番幸せだったのは
いつだった?

十四歳の私は突然祖母に問いかけた
ひどくさびしそうに見えた日に

来しかたを振りかえり
ゆっくり思いめぐらすと思いきや
祖母の答は間髪を入れずだった
「火鉢のまわりに子供たちを坐らせて
かきもちを焼いてやったとき」

ふぶく夕
雪女のあらわれそうな夜
ほのかなランプのもとに五、六人
膝をそろえ火鉢をかこんで坐っていた
その子らのなかに私の母もいたのだろう

답

할머니
할머니
할머니는 이제껏
언제가 제일 행복했어?

열네 살의 어느 날
나는 문득 물었다
할머니가 참말로 쓸쓸해 보이던 날

지나온 세월을 이리저리 더듬으며
천천히 생각하실 줄 알았는데
할머니는 의외로 단번에 대답하셨다
"아이들을 화로에 둘러앉혀놓고
떡을 구워줬을 때"

눈보라치는 저녁
눈의 마녀가 나타날 것 같던 밤
어스름한 램프 밑에 대여섯 명
화로 앞에 다닥다닥 붙어 앉아 있었다
아이들 사이에 우리 엄마도 있었으리라

ながくながく準備されてきたような
問われることを待っていたような
あまりにも具体的な
答の迅さに驚いて
あれから五十年
ひとびとはみな
掻き消すように居なくなり

私の胸のなかでだけ
ときおりさざめく
つつましい団欒
幻のかまくら

あの頃の祖母の年さえとっくに過ぎて
いましみじみと噛みしめる
たった一言のなかに籠められていた
かきもちのように薄い薄い塩味のものを

아주 오랫동안 준비해온 것처럼
물어봐주기를 기다렸던 것처럼
너무도 구체적이고
빠른 대답에 놀랐다
그날 이후 오십 년
사람들은 모두
감쪽같이 사라지고

내 맘속에서만
때때로 종알대는
소박한 단란
꿈같은 대보름 축제

그 시절 할머니 나이를 훌쩍 넘긴
지금에서야 절절히 음미한다
그 말 한마디 안에 담겨 있던
구운 떡처럼 은근하게 짭조름한 맛을

曲り角

さびしいので
　　口笛を吹いた
さびしいので
　　甘栗を買った
さびしいので
　　要らない物まで買ってしまった
街角さえ
　　氷河のクレバスに見えてしまう
そうなんだ
　　若者が　不意に足をすべらせる
危険な曲り角を
　　私も　ひょい　ひょい　渡っている
ところらしい

길모퉁이

쓸쓸해서
　　휘파람을 불었다
쓸쓸해서
　　군밤을 샀다
쓸쓸해서
　　필요 없는 물건까지 사버렸다
모퉁이마저
　　갈라진 빙하 틈처럼 보이고
그러니
　　젊은이가 느닷없이 미끄러지는 것이다
위험한 길모퉁이를
　　나도　마침　폴짝　폴짝
돌고 있는 듯하다

癖

むかし女のいじめっ子がいた
意地悪したり　からかったり
髪ひっぱるやら　つねるやら
いいイッ！　と白い歯を剥いた

その子の前では立往生
さすがの私も閉口頓首
やな子ねぇ　と思っていたのだが
卒業のとき小さな紙片を渡された

ワタシハアナタガ好キダッタ
オ友達ニナリタカッタノ
たどたどしい字で書かれていて
そこで私は腰をぬかし　いえ　ぬかさんばかりになって

好きなら好きとまっすぐに
ぶつけてくれればいいじゃない
遅かった　菊ちゃん！　もう手も足も出ない
小学校出てすぐあなたは置屋の下地っ子

버릇

옛날에 심술 맞은 여자애가 있었다
괜한 일로 사람을 못살게 굴고
머릴 잡아당기고   볼을 꼬집고
하얀 이를 드러내며   이이잇!

그 아이 앞에선 꼼짝 못하고
명색이 나도 두 손 두 발 다 들었다
못된 계집애라고만 생각했는데
졸업식 날 그 애가 쪽지를 건넸다

사실은 너를 좋아했었어
너랑 친구가 되고 싶었는데
서툰 글씨로 쓰여 있었다
나는 맥이 풀려서   아니   풀릴 것만 같아서

좋아하면 좋아한다고 솔직하게
말했담 좋았을 걸
너무 늦었어   기쿠짱!   이젠 손쓸 도리가 없어
소학교 졸업 후 너는 곧 게이샤 견습생이 됐지

以来　いい気味　いたぶり　いやがらせ
さまざまな目にあうたびに　心せよ
このひとはほんとは私のこと好きなんじゃないか
と思うようになったのだ

이후 욕하고 괴롭히고 짓궂게 구는
갖가지 일을 당할 때마다 마음속으로
이 사람 어쩌면 날 좋아하는 게 아닐까
그렇게 생각하는 버릇이 생겼다

水の星

宇宙の漆黒の闇のなかを
ひっそりまわる水の星
まわりには仲間もなく親戚もなく
まるで孤独な星なんだ

生まれてこのかた
なにに一番驚いたかと言えば
水一滴もこぼさずに廻る地球を
外からパチリと写した一枚の写真

こういうところに棲んでいましたか
これを見なかった昔のひととは
線引きできるほどの意識の差が出てくる筈なのに
みんなわりあいぼんやりとしている

太陽からの距離がほどほどで
それで水がたっぷりと渦まくのであるらしい
中は火の玉だっていうのに
ありえない不思議　蒼い星

물의 별

칠흑 같은 우주의 어둠 속을
가만가만 도는 물의 별
주위엔 친구도 친지도 없이
참 고독한 별입니다

태어나
가장 놀라웠던 건
물 한 방울 안 흘리고 도는 지구를
밖에서 찰칵 찍은 한 장의 사진

우린 이런 곳에 살고 있었군요
이걸 보지 못한 옛사람과는
의식 차이가 상당할 법도 한데
의외로 다들 멍하니 살고 있습니다

태양과의 거리가 마침 알맞은 탓에
물이 그토록 소용돌이치는 거라고 합니다
한가운데는 불구덩이라는데
이 푸른 별 얼마나 신기한가요

すさまじい洪水の記憶が残り

ノアの箱舟の伝説が生まれたのだろうけれど

善良な者たちだけが選ばれて積まれた船であったのに

子子孫孫のていたらくを見れば　この言い伝えもいたっ
　　て怪しい

軌道を逸れることもなく　いまだ死の星にもならず

いのちの豊饒を抱えながら

どこかさびしげな　水の星

極小の一分子でもある人間が　ゆえなくさびしいのもあ
　　たりまえで

あたりまえすぎることは言わないほうがいいのでしょう

무시무시한 홍수가 기억에 남아
노아의 방주 전설이 생겼을 겁니다
배에는 선량한 사람들만 태웠다는데
자자손손 하는 꼴이 그리 미덥진 않네요

궤도를 벗어나는 일 없이 여태 죽음의 별을 면한 채
생명의 풍요를 품에 안은
어딘가 쓸쓸해 보이는 물의 별
소립자와도 같은 인간이 까닭 없이 외로운 것도
    어찌 보면 당연한 일

너무 뻔한 이야기는 안 하는 게 낫겠지요

居酒屋にて

俺には一人の爺さんが居た
血はつながっちゃいないのに　かわいがってくれた
爺さんに小さな太鼓をたたかせて
三つの俺はひらひら舞った
ほんものの天狗舞いが門々に立つようになると
こぶしの花も咲きだして
ようやく春になるんだったよ

俺には一人のおふくろが居た
八人の子を育て　晩年にゃ五官という五官
すっかり　ゆるんではてて
ずいぶんと異な音もきかされたもんだっけが
おかしなおふくろさ
深刻なときも鼻歌うたう癖あってなあ

俺には一人の嬶が居た
どういうわけだか俺を大いに愛でてくれて
いやほんと
大事大事の物を扱うように
俺を扱ってくれたもんだ
みんな死んでしまいやがったが
俺はもう誰に好かれようとも思わねえ

이자카야에서

내게는 할아버지가 한 사람 있었지
핏줄은 아니지만 날 귀여워해주셨어
할아버지가 작은 북을 치면
세 살짜리 나는 뒤뚱뒤뚱 춤을 췄지
도깨비 탈을 쓴 진짜 춤꾼이 집집이 서면
주먹만 한 꽃도 피었겠다
이윽고 봄이 오곤 했어

내게는 어머니가 한 사람 있었지
여덟 아일 키우고 만년엔 다섯 감각기관이
죄다 느슨해져
이상한 소릴 내곤 했는데
재밌는 어머니였지
심각한 상황에서도 콧노래를 부르는 버릇이 있었어

내게는 부인이 한 사람 있었지
어쩐 이유에선지 나를 몹시도 사랑해줬거든
아니 정말로
아주아주 소중한 무언가를 다루듯
나를 대해주었어
다들 죽어버렸지만 말이야
난 이제 더 이상 누구한테 사랑 받겠단 생각이 안 들어

いまさらおなごにもてようなんざ
これんぽんちも思わねえど
俺には三人の記憶だけで十分だ！
三人の記憶だけで十分だよ！

へべれけの男は源さんと呼ばれていた
だみ声だったが
なかみは雅歌のようにもおもわれる

汽車はもうじき出るだろう
がたぴしの戸をあけて店を出れば
外は
霏霏の雪

いくばくかの無償の愛をしかと受けとめられる人もあり
たくさんの人に愛されながらまだ不満顔のやつもおり
誰からも愛された記憶皆無で尚昂然と生きる者もある

이제 와서 여자는 무슨
요만큼도 생각이 안 들어
나는 세 사람 기억으로 충분해!
세 사람 기억으로 충분하다고!

고주망태가 된 남자의 이름은 겐상이었다
탁한 음성이었지만
이야기는 우아한 노래처럼 품위 있었다

곧 있으면 기차가 떠날 참이라
삐걱이는 문을 열고 술집을 나서니
밖은
폴폴 날리는 눈

보상 없는 얼마간의 사랑을 제대로 받을 줄 아는
　　　사람도 있고
숱한 사랑을 받으면서도 여전히 불만으로 가득한
　　　녀석도 있고
누구에게도 사랑받은 기억 없이 당당히 살아가는
　　　이들도 있다

総督府へ行ってくる

韓国の老人は

いまだに

便所へ行くとき

やおら腰をあげて

〈総督府へ行ってくる〉

と言うひとがいるそうな

朝鮮総督府からの呼び出し状がくれば

行かずにすまされなかった時代

やむにやまれぬ事情

それを排泄につなげた諧謔と辛辣

ソウルでバスに乗ったとき

田舎から上京したらしいお爺さんが座っていた

韓服を着て

黒い帽子をかぶり

少年がそのまま爺になったような

純そのものの人相だった

日本人数人が立ったまま日本語を少し喋ったとき

老人の顔に畏怖と嫌悪の情

さっと走るのを視た

千万言を費されるより強烈に

日本がしてきたことを

そこに視た

총독부에 다녀올게

한국의 노인 중에는
지금도
화장실에 갈 때
유유히 일어나
"총독부에 다녀올게"
라고 하는 사람이 있다던가
조선총독부에서 소환장이 오면
가지 않고는 못 버티던 시대
불가피한 사정
이를 배설과 연결 지은 해학과 신랄함

서울에서 버스를 탔을 때
시골에서 온 듯 보이는 할아버지가 앉아 있었다
두루마기를 입고
검은 갓을 쓴
소년이 그대로 자라 할아버지가 된 듯
순수 그 자체의 인상이었다
일본인 여럿이 일본어로 몇 마디 나누었을 때
노인의 얼굴에 공포와 혐오
스치는 것을 보았다
어떤 말보다도 강렬하게
일본이 한 짓을
그때 보았다

隣国語の森

森の深さ

行けば行くほど

枝さし交し奥深く

外国語の森は鬱蒼としている

昼なお暗い小道　ひとりとぼとぼ

栗は 밤（バーム）

風は 바람（パラム）

お化けは 도깨비（トッケビ）

蛇　　　뱀（ベーム）

秘密　　비밀（ビーミル）

茸　　　버섯（ボソッ）

무서워（ムソウォ）　こわい

入口あたりでは

はしゃいでいた

なにもかも珍しく

明晰な音標文字と　清冽なひびきに

陽の光　햇빛（ヘッビッツ）

うさぎ　토끼（トッキ）

でたらめ 엉터리（オントリ）

愛　　　사랑（サラン）

きらい　싫어요（シロヨ）

旅人　　나그네（ナグネ）

이웃나라 언어의 숲

숲이 얼마나 깊은지

들어가면 갈수록

가지가 우거져 심오하니

외국어의 숲은 울창하기만 합니다

낮에도 어두운 오솔길　홀로 타박타박

밤은 栗 (쿠리)

바람은 風 (카제)

도깨비는 お化け (오바케)

뱀　　　蛇 (헤비)

비밀　　秘密 (히미츠)

버섯　　茸 (타케)

こわい (코와이)　　무서워

입구 언저리에서는

모든 게 다 신기해

종알종알 떠들었습니다

명석한 표음문자와　청량한 울림

햇빛　　陽の光 (히노히카리)

토끼　　うさぎ (우사기)

엉터리　でたらめ (데타라메)

사랑　　愛 (아이)

싫어요　きらい (키라이)

나그네　旅人 (타비비토)

地図の上朝鮮国にくろぐろと墨をぬりつつ秋風を聴く

啄木の明治四十三年の歌

日本語がかつて蹴ちらそうとした隣国語

한글<ruby>ハングル</ruby>

消そうとして決して消し去れなかった한글

용서하십시오<ruby>ヨンソハシプシオ</ruby>　ゆるして下さい

汗水たらたら今度はこちらが習得する番です

いかなる国の言語にも遂に組み伏せられなかった

勁いアルタイ語系の一つの精髄へ ──

少しでも近づきたいと

あらゆる努力を払い

その美しい言語の森へと入ってゆきます

倭奴<ruby>ウェノム</ruby>の末裔であるわたくしは

緊張を欠けば

たちまち恨<ruby>ハン</ruby>こもる言葉に

取って喰われそう

そんな虎<ruby>ホーランイ</ruby>が確実に潜んでいるのかもしれない

だが

むかしむかしの大昔を

「虎が煙草を吸う時代」と

言いならわす可笑しみもまた한글<ruby>ハングル</ruby>ならでは

다쿠보쿠는 1910년 이런 시를 읊었지요
일본 지도에 조선국이란 글자 새카맣게 먹으로
박박 지워나가며 가을바람 듣는다*
일찍이 일본어가 몰아내려 했던 이웃나라 말
한글
어떤 억압에도 사라지지 않았던 한글
ゆるして下さい　용서하십시오
땀 뻘뻘 흘리며 이번에는 제가 배울 차례입니다
어느 나라 언어에도 굴복하지 않았던
굳건한 알타이어족의 한 줄기 정수에 ——
조금이라도 가까이 다가가고 싶어
갖은 애를 써가며
그 아름다운 언어의 숲으로 들어갑니다

왜놈의 후예인 저는
행여 긴장을 늦췄다가는
한이 서린 말에 잡아먹힐 듯합니다
그런 호랑이가 진짜로 숨어 있을지도 모르지요
하지만
옛날 옛적 아주 먼 옛날을
'호랑이 담배 피우던 시절'이라
하는 것도 역시 한글의 재미

どこか遠くで

笑いさざめく声

唄

すっとぼけ

ずっこけた

俗談の宝庫であり

諧謔の森でもあり

大辞典を枕にうたた寝すれば

「君の入ってきかたが遅かった」と

尹東柱にやさしく詰られる

ほんとうに遅かった

けれどもなにごとも

遅すぎたとは思わないことにしています

若い詩人　尹東柱

一九四五年二月　福岡刑務所で獄死

それがあなたたちにとっての光復節

わたくしたちにとっては降伏節の

八月十五日をさかのぼる僅か半年前であったとは

まだ学生服を着たままで

純潔だけを凍結したようなあなたの瞳が眩しい

어딘가 멀리서
웃고 떠드는 소리
노래
시치미 뚝 떼고
익살을 떠는
속담의 보고이자
해학의 숲

대사전을 베개 삼아 선잠을 자면
"너는 왜 이제야 왔니" 하고
윤동주가 부드럽게 나를 꾸짖습니다
정말로 늦었지요
하지만 무슨 일이든
너무 늦은 건 없다고 생각하기로 했습니다
젊은 시인 윤동주
1945년 2월 후쿠오카 형무소에서 옥사
그대들에게는 광복절
우리에게는 항복절인
8월 15일이 오기 겨우 반년 전 일이라니
아직 교복 차림으로
순결을 동결시킨 듯한 당신의 눈동자가 눈부십니다

―― 空を仰ぎ一点のはじらいもなきことを ――

とうたい
当時敢然と한글で詩を書いた
あなたの若さが眩しくそして痛ましい
木の切株に腰かけて
月光のように澄んだ詩篇のいくつかを
たどたどしい発音で読んでみるのだが
あなたはにこりともしない
是非もないこと
この先
どのあたりまで行けるでしょうか
行けるところまで
行き行きて倒れ伏すとも萩の原

── 하늘을 우러러 한 점 부끄럼 없기를

그리 노래하며
당당히 한글로 시를 썼던
당신의 젊음이 눈부시게 밝고도 쓰라립니다
나무 그루터기에 걸터앉아
달빛처럼 맑은 몇 편의 시를
서툰 발음으로 읽어보지만
당신은 조금도 웃지 않으시네요
어찌할 수 없는 일
이제 앞으로
어디까지 갈 수 있을까요
갈 수 있는 데까지
가고 또 가서 넘어진다 하여도 싸리꽃 들녘**

* 25세의 젊은 시인 이시카와 다쿠보쿠(石川啄木)가 한일합방 직후
  조선을 식민지화하려는 자국 정부에 분개하며 쓴 5·7·5·7·7의 단가.
** 하이쿠 시인 마쓰오 바쇼(松尾芭蕉)가 기행문집 『오쿠로 가는 작은
   길(奥の細道)』에 남긴 구절.

あのひとの棲む国
—— F・U に

あのひとの棲む国

それは人肌を持っている
握手のやわらかさであり
低いトーンの声であり
梨をむいてくれた手つきであり
オンドル部屋のあたたかさである

詩を書くその女の部屋には
机が二つ
返事を書かねばならない手紙の束が山積みで
なんだかひどく身につまされたっけ
壁にぶらさげられた大きな勾玉がひとつ
ソウルは奨忠洞の坂の上の家
前庭には柿の木が一本
今年もたわわに実ったろうか
ある年の晩秋
我が家を訪ねてくれたときは
荒れた庭の風情がいいと
ガラス戸越しに眺めながらひっそりと呟いた

그 사람이 사는 나라

── F·U에게*

그 사람이 사는 나라

따스한 살갗을 가진 그것은
부드러운 악수이자
낮은 톤의 목소리이자
배를 깎아주던 손놀림이자
온돌방의 따스함이다

시를 쓰는 그 여자의 방에는
책상이 두 개
답장해야 할 편지묶음이 산더미였는데
어쩐지 남 일 같지 않았던 기억
벽에는 커다란 옥 장신구 하나
서울 장충동 언덕 위의 집
앞뜰에는 감나무 한 그루
올해도 가지 휘게 열매 맺었을까
어느 해 깊은 가을
우리 집을 찾은 그녀는
창밖을 내다보며 가만히 중얼거렸다
황량한 정원 풍경이 좋네요

落葉かさこそ掃きもせず

花は立ち枯れ

荒れた庭はあるじとしては恥なんだが

無造作をよしとする客の好みにはかなったらしい

日本語と韓国語のちゃんぽんで

過ぎこしかたをさまざまに語り

こちらのうしろめたさを救うかのように

あなたとはいい友達になれると言ってくれる

率直な物言い

楚々とした風姿

あの人の棲む国

雪崩のような報道も　ありきたりの統計も

鵜呑みにはしない

じぶんなりの調整が可能である

地球のあちらこちらでこういうことは起っているだろう

それぞれの硬直した政府なんか置き去りにして

一人一人のつきあいが

小さなつむじ風となって

電波は自由に飛びかっている

電波はすばやく飛びかっている

電波よりのろくはあるが

なにかがキャッチされ

なにかが投げ返され

外国人を見たらスパイと思え

낙엽을 긁어모으지도 않고
꽃은 선 채로 말라 죽었고
주인으로선 부끄러운 정원이지만
있는 그대로를 좋아하는 손님 취향엔 맞았나보다
일본어와 한국어를 섞어가면서
어떻게 지내는지 이런저런 이야길 나누는데
괜히 떳떳치 못한 내 기분을 맞춰주려는 듯
당신과는 좋은 친구가 될 수 있을 것 같다고 한다
솔직한 말투
산뜻한 자태

그 사람이 사는 나라

쏟아지는 뉴스나 흔해빠진 통계도
흘러나오는 대로 삼키지 않고
자기 나름대로 조율이 가능하다
지구 여기저기서 일어나는 일이리라
서로의 경직된 정부 따위 내버려두고
사람과 사람이 만나고 사귀어
작은 회오리바람이 될 수 있다면

전파는 자유롭게 퍼지고 있다
전파는 재빠르게 퍼지고 있다
전파보다 더디긴 하지만
무언가가 손에 잡히고
무언가를 되던지는 일이
일어나고 있다

そんなふうに教えられた
私の少女時代には
考えられもしなかったもの

외국인을 보면 스파이라 생각해라
그리 배웠던 나의 소녀시절엔
생각지도 못한 일이

* 한국 시인 홍윤숙을 뜻한다.

友あり　近方よりきたる

友あり　近方よりきたる

まことに困ったことになった

ワインは雀の涙ほどしかないし

すてきなお菓子もゆうべでおしまい

果物をもぎに走る果樹園もうしろに控えてはいず

多忙にて

この部屋もうっすら埃がたまっている

まあ落ちついて　落ちついて

ひとの顔さえ見れば御馳走の心配をする

なぞは田舎風というものだ

いえ　田舎風などと言ってはいけない

その日暮しの根の浅さを不意に襲われた

これは単なる狼狽である

この時古風な絵のように

私の頭に浮んできた戸棚の中の桜桃の皿

ああ助った

あれは遠方の友より送られた

つややかな桜の木の実

一つ一つ含みながら

せめて言葉のシャンペンを抜こう

シャンペンとはどんなお酒か知らないが

勢のいいことはほぼたしか

벗이 온다고 한다

가까이 사는 벗이 온다고 한다
큰일이네
와인은 참새 눈물만큼밖에 남지 않았고
맛있는 과자도 어젯밤 동이 났어
과일 따러 달려갈 과수원이 있는 것도 아니고
정신없이 바쁜데
방 안엔 희미하게 먼지마저 쌓였네
침착해 침착해
손님만 온다 하면 뭘 내올까 걱정이야
촌스러워 그런가
아니 그런 말 마
그날 문득 생활의 얕은 뿌리를 느꼈다
당황했던 것이다
그 순간 고풍스런 그림처럼
머릿속에 떠오른 찬장 속 앵두 한 접시
아아 살았다
멀리 사는 친구가 보내준
반들반들 윤기 나는 앵두 열매
한 알 한 알 입속에 넣으며
언어의 샴페인이라도 따보자
샴페인이 어떤 술인지는 알지 못해도
기세 좋게 뿜어나온다는 건 거의 확실해

明日までにどうしてもしなければならない

仕事なんて　そんなに沢山あるもんじゃない

ほとほとと人の家の扉を叩き

訪ねてきてくれたこころの方が大切だ

沸騰するおしゃべりに酔っぱらい

ざくざくと撒き散らそう宝石のように結晶した話を

ひとの悪口は悪口らしく

凄惨に　ずたずたに　やってやれ

女ともだちの顫える怒りはマッチの火伝いに貰うことに
　　　しよう

このひととき「光る話」を充満させるために

飾りを挵れ　飾りを挵れ

わが魂らしきものよ！

近方の友は

痛みと恥を隠さぬことによって

斬新なルポをさりげなく残してゆく

わたくしもまた

そしらぬ顔で　ぺたりと貼りたい　彼女の心に

忘れられない話を二つ三つ

今はもうあまりはやらない旅行鞄のラベルのように

내일까지 꼭 해야 하는 일이

그리 많은 것도 아니고

똑똑똑   우리 집 문을 두드려

찾아와준 이의 마음이 더 소중하지

터져 나오는 수다에 취해

자르르 흩뿌리자   보석 같은 이야기를

남의 욕은 욕답게

처참히   갈기갈기   사정없이

여자들의 떨리는 분노로 성냥불을 붙이자

지금 이 순간을 '빛나는 이야기'로 가득 채우기 위해

허식은 훌훌 벗어던지고

우리의 혼을 불러내자!

나의 가까운 벗은

아픔과 부끄럼을 숨기지 않으며

참신한 르포를 슬쩍 던져주고

나 또한

모른 척 그녀의 마음에

오래전 유행하던 여행가방 라벨 같은

잊지 못할 이야기 두엇을 붙여본다

わたしが一番きれいだったとき

わたしが一番きれいだったとき
街々はがらがら崩れていって
とんでもないところから
青空なんかが見えたりした

わたしが一番きれいだったとき
まわりの人達が沢山死んだ
工場で　海で　名もない島で
わたしはおしゃれのきっかけを落としてしまった

わたしが一番きれいだったとき
だれもやさしい贈物を捧げてはくれなかった
男たちは挙手の礼しか知らなくて
きれいな眼差だけを残し皆発っていった

わたしが一番きれいだったとき
わたしの頭はからっぽで
わたしの心はかたくなで
手足ばかりが栗色に光った

내가 가장 예뻤을 때

내가 가장 예뻤을 때
거리마다 와르르 무너져 내려
엉뚱한 곳에서
푸른 하늘 같은 것이 보이기도 했다

내가 가장 예뻤을 때
곁에 있던 이들이 숱하게 죽었다
공장에서   바다에서   이름 모를 섬에서
나는 멋 부릴 기회를 잃어버렸다

내가 가장 예뻤을 때
아무도 다정한 선물을 주지 않았다
남자들은 거수경례밖에 할 줄 몰랐고
순진한 눈빛만을 남긴 채 모두 떠나갔다

내가 가장 예뻤을 때
나의 머리는 텅 비고
나의 마음은 꽉 막혀
손발만이 짙은 갈색으로 빛났다

わたしが一番きれいだったとき
わたしの国は戦争で負けた
そんな馬鹿なことってあるものか
ブラウスの腕をまくり卑屈な町をのし歩いた

わたしが一番きれいだったとき
ラジオからはジャズが溢れた
禁煙を破ったときのようにくらくらしながら
わたしは異国の甘い音楽をむさぼった

わたしが一番きれいだったとき
わたしはとてもふしあわせ
わたしはとてもとんちんかん
わたしはめっぽうさびしかった

だから決めた　できれば長生きすることに
年とってから凄く美しい絵を描いた
フランスのルオー爺さんのように
　　　　　　　　　　　　ね

내가 가장 예뻤을 때
나의 나라는 전쟁에서 졌다
그런 멍청한 짓이 또 있을까
블라우스 소매를 걷어붙이고 비굴한 거리를 마구 걸었다

내가 가장 예뻤을 때
라디오에선 재즈가 흘러나왔다
금연 약속을 어겼을 때처럼 비틀거리며
나는 이국의 달콤한 음악을 탐했다

내가 가장 예뻤을 때
나는 몹시도 불행한 사람
나는 몹시도 모자란 사람
나는 무척이나 쓸쓸하였다

그래서 다짐했다   되도록 오래오래 살자고
나이 들어 아름다운 그림을 그린
프랑스 루오 할아버지처럼
　　　　　　　　그렇게

学校　あの不思議な場所

午後の教科書に夕日さし

ドイツ語の教科書に夕日さし

頁がやわらかな薔薇いろに染った

若い教師は厳しくて

笑顔をひとつもみせなかった

彼はいつ戦場に向かうもしれず

私たちに古いドイツの民謡を教えていた

時間はゆったり流れていた

時間は緊密にゆったり流れていた

青春というときに

ゆくりなく思い出されるのは　午後の教室

柔らかな薔薇いろに染った教科書の頁

なにが書かれていたのかは

今はすっかり忘れてしまった

　　“ぼくたちよりずっと若いひと達が

　　　なにに妨げられることもなく

　　　すきな勉強をできるのはいいなァ

　　　ほんとにいいなァ”

満天の星を眺めながら

脈絡もなくおない年の友人がふっと呟く

학교 그 신비로운 공간

어느 오후 교과서에 드리운 석양
독일어 교과서에 드리운 석양
종이가 부드러운 장밋빛으로 물들었다
엄격한 젊은 교사는
미소 한 번 짓지 않았다
언제 전쟁터로 향할지 알지 못한 채
우리에게 오래된 독일민요를 가르쳤다
시간은 천천히 흘렀다
시간은 엄밀히도 천천히 흘렀다
청춘이라 하면
불현듯 떠오르는 그날 오후 그 교실
부드러운 장밋빛으로 물든 교과서
무엇이 적혀 있었는지는
깨끗이 잊어버렸다
　　"우리보다 훨씬 어린 사람들이
　　　무엇에도 방해받지 않고
　　　좋아하는 공부를 할 수 있다는 건
　　　정말 멋진 일이야"
쏟아지는 별을 보며
친구가 불쑥 중얼거렸다

学校　あの不思議な場所

校門をくぐりながら蛇蝎のごとく嫌ったところ

飛び立つと

森のようになつかしいところ

今日もあまたの小さな森で

水仙のような友情が生まれ匂ったりしているだろう

新しい葡萄酒のように

なにかごちゃまぜに醗酵したりしているだろう

飛びたつ者たち

自由の小鳥になれ

自由の猛禽になれ

학교 그 신비로운 공간
교문을 지날 땐 끔찍히도 싫던 곳
날아오르면
숲속처럼 그리운 곳
오늘도 셀 수 없이 많은 작은 숲속에서
수선화를 닮은 우정이 피어나리라
막 담근 포도주처럼
이것저것 뒤섞여 무르익으리라
날아오르는 이들이여
자유의 작은 새가 되어라
자유의 매서운 날짐승이 되어라

道しるべ
── 黒田三郎氏

昨日できたことが
今日はもうできない
あなたの書いた詩の二行

わたしはまだ昨日できたことが
今日も同じようにできている
けれどいつか通りすぎるでしょう　その時点を

たちどまりきっと思い出すでしょう
あなたの静かなほほえみを
男の哀しみと　いきものの過ぎゆく迅さを

だれもが通って行った道
だれもが通って行く道
だれもが自分だけは別と思いながら行く道

이정표
── 구로다 사부로 씨에게

어제 할 수 있었던 것을
오늘 더는 할 수 없다
당신이 쓴 시 두 행

나는 아직 어제 할 수 있었던 일을
오늘도 할 수 있습니다
하지만 언젠가 지나게 되겠지요   그 지점을

문득 그 자리에 서서 생각할 것입니다
당신의 조용한 미소를
남자의 슬픔과   생의 속도를

누구나 지나간 길
누구나 지나갈 길
누구나 자기는 다르다고 생각하며 지나갈 길

落ちこぼれ

落ちこぼれ
　　和菓子の名につけたいようなやさしさ
落ちこぼれ
　　いまは自嘲や出来そこないの謂
落ちこぼれないための
　　ばかばかしくも切ない修業
落ちこぼれにこそ
　　魅力も風合いも薫るのに
落ちこぼれの実
　　いっぱい包容できるのが豊かな大地
それならお前が落ちこぼれろ
　　はい　女としてとっくに落ちこぼれ
落ちこぼれずに旨げに成って
　　むざむざ食われてなるものか
落ちこぼれ
　　結果ではなく
落ちこぼれ
　　華々しい意志であれ

낙오자

낙오자
　　과자 이름에 붙이고 싶은 상냥함
낙오자
　　지금은 자조를 곁들여 별 볼일 없다는 뜻
낙오되지 않기 위해
　　어리석게도 쓸쓸히 수업을 받았지
낙오되는 것이야말로
　　멋과 향기로 그윽한데
낙오자의 열매
　　너그럽게 포용할 줄 아는 풍요로운 대지
그렇담 너부터 낙오되어봐
　　그러죠　여자로선 이미 오래전에 낙오되었어
낙오되지 않고 탐스러워져서
　　호락호락 잡아먹힐 줄 알고
낙오자
　　결과가 아니라
낙오자
　　화려한 의지로 살라

三月の唄

わたしの仕事は褒めること
リラの花を　ジャスミンを
眠そうな海
開く窓
遠く行く船
ふとる貝

わたしの仕事は褒めること
おしゃれなちびや
野を焼く匂い
子供のとかげ
伸びる麦
奔放なむすめの舌たらずな言葉

3월의 노래

나의 일은 칭찬입니다
꽃핀 라일락을   재스민을
졸린 듯한 바다
열린 창문
멀리 떠가는 배
살찌는 조개

나의 일은 칭찬입니다
멋쟁이 꼬마와
들판 태우는 냄새
새끼도마뱀
자라는 보리
분방한 소녀의 알아듣기 어려운 말

六月

どこかに美しい村はないか
一日の仕事の終りには一杯の黒麦酒
鍬を立てかけ　籠を置き
男も女も大きなジョッキをかたむける

どこかに美しい街はないか
食べられる実をつけた街路樹が
どこまでも続き　すみれいろした夕暮は
若者のやさしいさざめきで満ち満ちる

どこかに美しい人と人との力はないか
同じ時代をともに生きる
したしさとおかしさとそうして怒りが
鋭い力となって　たちあらわれる

6월

어딘가 아름다운 마을은 없을까
하루 일 마치고 흑맥주 한잔 기울일
괭이를 세워두고   바구니를 내려놓고
남자고 여자고 큰 잔을 기울일

어딘가 아름다운 거리는 없을까
주렁주렁 열매 맺힌 과실수가
끝없이 이어지고   제비꽃 색 황혼
상냥한 젊은이들 열기로 가득한

어딘가 사람과 사람을 잇는 아름다운 힘은 없을까
동시대를 함께 산다는
친근함 즐거움 그리고 분노가
예리한 힘이 되어   모습을 드러낼

十一月のうた

青い穀物が　熟れる
青い蜜柑が　熟れる
葡萄酒が　熟れる
木の実が　熟れる
姉さんのこころだって

それぞれのパレットは
絵の具をふんだんに交ぜあわせ
実りの色を探している
わたしはまだ去らせたくない
わたしの澄んだ青の時代を

11월의 노래

푸른 곡물이 익어간다
푸른 귤이 익어간다
포도주가 익어간다
나무열매가 익어간다
언니의 마음도

갖가지 팔레트는
물감을 듬뿍 섞어가며
성숙의 빛깔을 찾고 있다
하지만 난 아직 보내고 싶지 않아
나의 순수한 푸른 시대를

十二月のうた

生きた？
生きなった？
生きた？
生きなった？
花占いは生きなかったと出て

さらさらと行ってしまう
わたしの一年
三日坊主の日記を残して

心のなかは粉雪なのに
からだは熱いコーヒーのよう

目をつぶり
扉をひらき
一歩一歩 降りてゆく ……
鐘の音を聴きながら
わたしの見えない地下室へ

12월의 노래

살았나?
죽었나?
살았나?
죽었나?
꽃잎 점은 죽었다고 나오더니

팔랑팔랑 떠나버렸네
나의 일 년
작심삼일 일기를 남기고

마음속엔 가랑눈 날리는데
몸은 한 잔의 뜨거운 커피 같아

눈을 감고
문을 열고
한 발 한 발 내려간다……
종소리 들으며
보이지 않는 나의 지하실로

自分の感受性くらい

ぱさぱさに乾いてゆく心を
ひとのせいにはするな
みずから水やりを怠っておいて

気難しくなってきたのを
友人のせいにはするな
しなやかさを失ったのはどちらなのか

苛立つのを
近親のせいにはするな
なにもかも下手だったのはわたくし

初心消えかかるのを
暮らしのせいにはするな
そもそもが　ひよわな志にすぎなかった

駄目なことの一切を
時代のせいにはするな
わずかに光る尊厳の放棄

自分の感受性くらい
自分で守れ
ばかものよ

자기 감수성 정도는

바삭바삭 말라가는 마음을
남 탓하지 마라
스스로 물주기를 게을리해놓고

서먹해진 사이를
친구 탓하지 마라
나긋한 마음을 잃은 건 누구인가

일이 안 풀리는 걸
친척 탓하지 마라
이도 저도 서툴렀던 건 나인데

초심 잃어가는 걸
생계 탓하지 마라
어차피 미약한 뜻에 지나지 않았다

틀어진 모든 것을
시대 탓하지 마라
그나마 빛나는 존엄을 포기할 텐가

자기 감수성 정도는
스스로 지켜라
이 바보야

問い

ゆっくり考えてみなければ
　　いったい何をしているのだろう　わたくしは
ゆっくり考えてみなければ
　　働かざるもの食うべからず　いぶかしいわ鳥みれば
ゆっくり考えてみなければ
　　いつのまにかすりかえられる責任といのちの燦
ゆっくり考えてみなければ
　　みんなもひとしなみ何かに化かされているようで
いちどゆっくり考えてみなければ
　　思い思いし半世紀は過ぎ去り行き
青春の問いは昔日のまま
　　更に研ぎだされて　青く光る

질문

곰곰 생각해보면
　　난 대체 뭘 하고 있는 걸까
곰곰 생각해보면
　　일하지 않는 자 먹지도 마라　글쎄 새들은 어때
곰곰 생각해보면
　　어느새 바꿔치기 당한 책임감과 찬란한 생
곰곰 생각해보면
　　하나같이 무언가에 홀린 듯한데
한번 곰곰 생각해보면
　　이 고민 저 고민에 반세기가 훌쩍 지나
청춘의 질문은 그 옛날 그대로
　　더욱 갈고 닦이어　파아랗게 빛난다

賑々しきなかの

言葉が多すぎる
というより
言葉らしきものが多すぎる
というより
言葉と言えるほどのものが無い

この不毛　この荒野
賑々しきなかの亡国のきざし
さびしいなあ
うるさいなあ
顔ひんまがる

時として
たっぷり充電
すっきり放たれた日本語に逢着
身ぶるいしてよろこぶ我が反応を見れば
日々を侵されはじめている
顔ひんまがる寂寥の
ゆえなしとはせず

떠들썩함 가운데

말이 너무 많다
라기보다
말인 척 하는 말이 너무 많다
라기보다
말이라 할 만한 것이 없다

이 불모   이 황야
떠들썩함 가운데 망국의 조짐
쓸쓸하구나
시끄럽구나
얼굴 일그러진다

때때로
가득 충전
고삐 풀린 일본어에 봉착한다
전율하며 기뻐하는 내 반응을 보면
하루하루 스며들고 있는 것이다
얼굴 일그러지는 적요에도
까닭이 있다

アンテナは

絶えず受信したがっている

ふかい喜悦を与えてくれる言葉を

砂漠で一杯の水にありついたような

忘れはてていたものを

瞬時に思い出させてくれるような

안테나는
끊임없이 수신하고 싶어 한다
사막에서 한 잔의 물을 얻듯이
깊은 희열을 가져다줄 말을
불현듯 옛 기억을 떠올리듯이
까맣게 잊고 있었던 것을

みずうみ

〈だいたいお母さんてものはさ
　　しいん
　　としたとこがなくちゃいけないんだ〉

名台詞を聴くものかな！

ふりかえると
お下げとお河童と
二つのランドセルがゆれてゆく
落葉の道

お母さんだけとはかぎらない
人間は誰でも心の底に
しいんと静かな湖を持つべきなのだ

田沢湖のように深く青い湖を
かくし持っているひとは
話すとわかる　二言　三言で

それこそ　しいんと落ちついて
容易に増えも減りもしない自分の湖
さらさらと他人の降りてはゆけない魔の湖

호수

"원래 엄마란
　아주 고요한 면이
　있어야 한다고 생각해"

명대사로구나!

뒤돌아보니
갈래머리와 단발머리 두 소녀의
책가방이 달랑달랑
낙엽 길

엄마만 그런 게 아니다
인간이란 누구든 마음 깊은 곳에
흔들림 없는 고요한 호수가 있어야만 해

다자와호처럼 깊고 푸른 호수를
남몰래 간직한 사람은
이야기해보면 알 수 있다　두 마디　세 마디 만에

그야말로　쥐 죽은 듯 고요하여
간단히 불지도 줄지도 않는 자기만의 호수
바스락바스락 아무나 내려올 수 없는 산기슭 호수

教養や学歴とはなんの関係もないらしい
人間の魅力とは
たぶんその湖のあたりから
発する霧だ

早くもそのことに
気づいたらしい
小さな
二人の
娘たち

교양이나 학력과는 상관이 없다
인간의 매력이란
아마도 그 호수 근방에서
피어오르는 물안개다

빨리도 그걸
알아챈
작은
두
소녀

はじめての町

はじめての町に入ってゆくとき
わたしの心はかすかにときめく
そば屋があって
寿司屋があって
デニムのズボンがぶらさがり
砂ぼこりがあって
自転車がのりすてられてあって
変わりばえしない町
それでもわたしは十分ときめく

見なれぬ山が迫っていて
見なれぬ川が流れていて
いくつかの伝説が眠っている
わたしはすぐに見つけてしまう
その町のほくろを
その町の秘密を
その町の悲鳴を

はじめての町に入ってゆくとき
わたしはポケットに手を入れて
風来坊のように歩く
たとえ用事でやってきてもさ

처음 가는 마을

처음 가는 마을로 들어설 때에
나의 마음은 어렴풋이 두근거린다
국숫집이 있고
초밥집이 있고
청바지가 걸려 있고
먼지바람이 불고
타다 만 자전거가 놓여 있고
별반 다를 것 없는 마을
그래도 나는 충분히 두근거린다

낯선 산이 다가오고
낯선 강이 흐르고
몇몇 전설이 잠들어 있다
나는 금세 찾아낸다
그 마을의 상처를
그 마을의 비밀을
그 마을의 비명을

처음 가는 마을로 들어설 때에
나는 주머니에 손을 찔러 넣고
떠돌이처럼 걷는다
설령 볼일이 있어 왔다고 해도

お天気の日なら

町の空には

きれいないろの淡い風船が漂う

その町の人たちは気づかないけれど

はじめてやってきたわたしにはよく見える

なぜって　あれは

その町に生まれ　その町に育ち　けれど

遠くで死ななければならなかった者たちの

魂なのだ

そそくさと流れていったのは

遠くに嫁いだ女のひとりが

ふるさとをなつかしむあまり

遊びにやってきたのだ

魂だけで　うかうかと

そうしてわたしは好きになる

日本のささやかな町たちを

水のきれいな町　ちゃちな町

とろろ汁のおいしい町　がんこな町

雪深い町　菜の花にかこまれた町

目をつりあげた町　海のみえる町

男どものいばる町　女たちのはりきる町

맑은 날이면
마을 하늘엔
어여쁜 빛깔 아련한 풍선이 뜬다
마을 사람들은 눈치채지 못하지만
처음 온 내게는 잘 보인다
그것은
그 마을에서 나고 자랐지만
멀리서 죽을 수밖에 없었던 이들의
영혼이다
서둘러 흘러간 풍선은
멀리 시집간 여자가
고향이 그리워
놀러온 것이다
영혼으로라도 엿보려고

그렇게 나는 좋아진다
일본의 소소한 마을들이
물이 깨끗한 마을   보잘것없는 마을
장국이 맛있는 마을   고집스런 마을
눈이 푹푹 내리는 마을   유채꽃이 가득한 마을
성난 마을   바다가 보이는 마을
남자들이 으스대는 마을   여자들이 활기찬 마을

窓

1

輝く額縁

黒いカーテンをひくいわれもなく
灯りを細めるいわれもない

うなじの細い子供や
すがすがしい眉の少女が
水族館の小魚のように
ひらひらと　窓をよぎる

海のものとも
山のものともわからぬ者らが
なにやら一心不乱になっているが
行きずりの窓に
ちらりと見えるのはいい……

道ばたの暗闇で
ひやかしの口笛が
ピイと鳴る

창문

1

빛나는 창틀

검은 커튼을 칠 이유도 없고
조도를 줄일 이유도 없다

목이 가는 아이와
눈썹이 시원스런 소녀가
수족관의 작은 물고기처럼
팔락팔락 창을 스쳐간다

바다에서 왔는지
산에서 왔는지도 알 수 없는 이들이
무언가에 몰두하며
창을 지나쳐가는 모습이
언뜻 보이는 게 좋다……

어둔 길목에서
휘파람 소리
피이이

あれは私の今日のお祈り

2

鳥たちは鳥の唄をうたい
花々は黙って花の香気を薫らせる
どうして人間だけが
人間の唄をうまく唄えず
ぎくしゃくしてしまうのだろう
恋をするような　しないような
喧嘩をするような　しないような
新しい星を飛ばすような　飛ばさないような

大都会のてっぺんから覗くと
人間はみんな囚人であるらしいことが
よくわかる
もっとみずみずしいもののことを
憶いなから
若い兄弟はぼんやり立っている

그것은 오늘 나의 기도

2

새들은 새의 노래를 부르고
꽃들은 묵묵히 꽃향기를 피우는데
어찌하여 인간만이
인간의 노래를 부르지 못하고
삐걱대는 것일까
사랑을 하는 듯   하지 않는 듯
싸움을 하는 듯   하지 않는 듯
샛별을 쏘는 듯   쏘지 않는 듯

대도시 꼭대기에서 내려다보면
인간은 모두 어딘가 갇혀 산다는 걸
알 수 있다
보다 싱싱하고 아름다운 것을
생각하며
어린 형제는 멍하니 서 있다

顔

電車のなかで　狐そっくりの女に遭った
なんともかとも狐である
ある町の路地で　蛇の眼をもつ少年に遭った
魚かと思うほど鰓の張った男もあり
鵜の眼をした老女もいて
猿類などは　ざらである
一人一人の顔は
遠い遠い旅路の
気の遠くなるような遥かな道のりの
その果ての一瞬の開花なのだ

あなたの顔は朝鮮系だ　先祖は朝鮮だな
と言われたことがる
目をつむると見たこともない朝鮮の
澄みきった秋の空
つきぬける蒼さがひろがってくる
たぶん　そうでしょう　と私は答える

얼굴

전철 안에서 여우를 꼭 닮은 여자를 만났다
이리 보나 저리 보나 여우다
마을 골목길에서 뱀의 눈을 가진 소년을 만났다
물고기인가 싶을 정도로 하관이 넓적한 남자도 있고
개똥지빠귀 눈을 한 노파도 있고
원숭이를 닮은 사람은 쌔고 쌨다
한 사람 한 사람의 얼굴은
머나먼 여행길
아득하고 긴긴 노정
그 끝에서 한순간 피어나는 것이다

네 얼굴은 조선사람 같아 선조는 조선인이겠지
그런 말을 들은 적이 있다
눈을 감으면 본 적도 없는 조선의
맑고 깨끗한 가을 하늘
그 청명한 푸르름이 펼쳐진다
아마도 그렇겠죠 나는 그렇게 대답한다

まじまじと見入り
あなたの先祖はパミール高原から来たんだ
断定的に言われたことがある
目を瞑ると
行ったこともないパミール高原の牧草が
匂いたち
たぶん　そうでしょう　と私は答えた

물끄러미 날 바라보며
네 선조는 파미르 고원에서 왔어
딱 잘라 말하는 사람을 본 적이 있다
눈을 감으면
간 적도 없는 파미르 고원 목초에서
풀 냄새가 일고
아마도 그렇겠죠 나는 그렇게 대답했다

倚りかからず

もはや
できあいの思想には倚りかかりたくない
もはや
できあいの宗教には倚りかかりたくない
もはや
できあいの学問には倚りかかりたくない
もはや
いかなる権威にも倚りかかりたくない
ながく生きて
心底学んだのはそれぐらい
じぶんの耳目
じぶんの二本足のみで立っていて
なに不都合のことやある

倚りかかるとすれば
それは
椅子の背もたれだけ

기대지 않고

이젠
만들어진 사상에 기대고 싶지 않아
이젠
만들어진 종교에 기대고 싶지 않아
이젠
만들어진 학문에 기대고 싶지 않아
이젠
그 어떤 권위에도 기대고 싶지 않아
긴 세월 살면서
진정으로 배운 것은 그 정도일까
나의 눈과 귀
나의 두 다리로만 선다 해도
나쁠 것 없다

기댈 것이 있다면
그건
의자 등받이뿐

木は旅が好き

木は
いつも
憶っている
旅立つ日のことを
ひとつところに根をおろし
身動きならず立ちながら

花をひらかせ　虫を誘い　風を誘い
結実を急ぎながら
そよいでいる
どこか遠くへ
どこか遠くへ

ようやく鳥が実を啄む
野の獣が実を嚙る
リュックも旅行鞄もパスポートも要らないのだ
小鳥のお腹なんか借りて
木はある日　ふいに旅立つ ── 空へ
ちゃっかり船に乗ったのもいる

나무는 여행을 좋아해

나무는
늘
그리고 있다
여행 떠날 그날을
한곳에 뿌리 내려
우두커니 서서

꽃을 피우고   벌레와 놀고   바람을 불러
결실을 서두르며
한들거린다
어딘가 먼 곳으로
어딘가 먼 곳으로

이윽고 새가 열매를 깨물고
들판의 짐승이 과실을 베어 물면
배낭도 트렁크도 여권도 필요 없이
작은 새의 배를 빌려
나무는 어느 날 문득 여행을 떠난다 —— 하늘로
재빠르게 배에 올라타기도 한다

ポトンと落ちた種子が
〈いいところだな　湖がみえる〉
しばらくここに滞在しよう
小さな苗木となって根をおろす
元の木がそうであったように
分身の木もまた夢みはじめる
旅立つ日のことを

幹に手をあてれば
痛いほどにわかる
木がいかに旅好きか
放浪へのあこがれ
漂泊へのおもいに
いかに身を捩っているのかが

톡 떨어진 열매가 말하길
"멋진 곳이네   호수가 보여"
한동안 이곳에 머물기로 하자
작은 묘목이 되어 뿌리를 내린다
원래의 나무가 그랬던 것처럼
분신의 나무도 다시 꿈을 꾸기 시작한다
여행 떠날 그날을

나무기둥에 손을 대면
가슴이 아플 만큼 느껴진다
나무가 얼마나 여행을 좋아하는지
방랑을 향한 동경
표백을 향한 마음에
얼마나 몸을 비틀고 있는지가

首吊

町で一人の医師だった父は
警察からの知らせで
検死に行かねばならなかった
娘の私は後についていった
父は強いて止めなかった
その頃の私ときたら自分の眼で　じかに
なんでも見ておきたい意欲で
はちきれんばかりだった
手術室にも入っていって
片足切断を卒倒もせずに見ていられることを
確めた
つきあっていた若い英文学者に話すと
「まるで肉屋のようですね」
唇をゆがめて外科手術を評したから
その英文学者はふってやった

목을 맨 남자

아버지는 마을에서 유일한 의사였기에
경찰서에서 연락이 오면
부검을 하러 갔다
딸인 나는 아버지를 따라갔다
아버지는 굳이 막지 않았다
그 시절 나는 내 눈으로 직접
뭐든 보고야 말겠다는 의욕에
가슴이 벅찼다
수술실에 들어가
한쪽 다리를 절단하는 걸 보고도
졸도하지 않는다는 걸 확인했다
사귀던 젊은 영문학자에게 그 얘길 했더니
"마치 정육점 같군요"
하고 인상을 쓰며
외과수술을 평하기에 차버렸다

海べの松林の　ほどよい松の木の
ほどよい枝に　首吊男は下がっていた
そして頼りなげにゆれていた
よれよれの兵隊服で　かすかな風に
てるてる坊主のようにゆらめいて
彼は最初海へ入って死のうとしたのだ
ズボンが潮で　べとついている
ポケットには　ばら銭がすこうし
ゆうべ町の灯は一杯ついていたろうに
声をかけられる家は一軒としてなかったのか
死んだのは　食べもののことでも
お金のことでもなかったのだろうか
こわごわ見て　帰ってくると
母は怒って塩をぶっかけた
娘だてらに！　と叫んで

바닷가 솔숲   마침 알맞은 소나무
적당한 나뭇가지에   목을 맨 남자가 있었다
의지할 곳 없이 흔들리고 있었다
구깃구깃해진 군복이   미미한 바람에
종이인형처럼 한들거렸다
처음에 그는 바다에 빠져 죽으려 했다
파도에 젖은 바지가   축축했다
주머니에는   잔돈이 조금
어젯밤 거리는 환했을 터인데
말을 건 이가 하나도 없었을까
죽은 이유는   먹을 것이 없어서도
돈이 궁해서도 아니었을까
무서워하며 지켜보다가   집으로 돌아오니
성난 엄마가 소금을 뿌려댔다
어디 계집애가!   하고 소릴 지르며

首吊を検視した父もまた死んだ

遠い昔の記憶なのに

この世の酷薄さをキュッとしぼって形にしたような

てるてる坊主は

時として　私のなかで　いまだにゆれる

ひとびとのやさしさのなかで

ひとびとのいたわり深さのさなかに

목을 맨 이를 조사하던 아버지도 죽었다
오랜 기억인데도
세상의 잔혹함을 꽉 짜낸 듯한
종이인형은
지금도 가끔씩 내 안에 일렁인다
사람들의 따뜻함 속에서
사람들의 깊은 위로 속에서

お休みどころ

むかしむかしの　はるかかなた
女学校のかたわらに
一本の街道がのびていた
三河の国　今川村に通じるという
今川義元にゆかりの地

白っぽい街道すじに
〈お休みどころ〉という
色褪せた煉瓦いろの幟がはためいていた
バス停に屋根をつけたぐらいの
ささやかな　たたずまい
無人なのに
茶碗が数個伏せられていて
夏は麦茶
冬は番茶の用意があるらしかった

쉼터

옛날 옛적 아득히 먼 옛날
여학교 옆으로
도로가 하나 있었다
미카와국   이마가와마을로 향하는 길
이마가와 요시모토*가 나고 자란 땅

흰 도로 옆에
'쉼터'라는
빛바랜 벽돌색 깃발이 펄럭이고 있었다
버스정류장에 지붕을 얹은 듯한
소박한 분위기
무인으로 운영되는 곳인데도
찻잔이 몇 개쯤 포개져 있고
여름엔 보리차
겨울엔 번차가 마련돼 있었다

あきんど　農夫　薬売り
重たい荷を背負ったひとびとに
ここで一休みして
のどをうるおし
さあ　それから町にお入りなさい
と言っているようだった
誰が世話をしているのかもわからずに

自動販売機のそらぞらしさではなく
どこかに人の気配の漂う無人である
かつての宿場や遍路みちには
いまだに名残りをとどめている跡がある

「お休みどころ …… やりたいのはこれかもしれない」

ぼんやり考えている十五歳の
セーラー服の私がいた

今はいたるところで椅子やベンチが取り払われ
坐るな　とっとと歩けと言わんばかり

보부상 농부 약장수
무거운 짐을 이고 진 사람에게
여기서 잠시 쉬며
목을 축이고
자 그런 다음 마을로 들어오세요
라고 말하는 듯했다
누가 준비해둔지도 알 수 없었다

자동판매기처럼 차가운 분위기도 아니고
무인 찻집이지만 어딘가 사람의 정취가 느껴졌다
일찍이 역참 마을이나 순례의 길이었던 곳에는
지금도 여전히 이런 흔적이 남아 있다

'쉼터…… 내가 하고 싶은 건 이런 게 아닐까'

어렴풋이 그런 생각을 하는 열다섯
세일러복을 입은 내가 있었다

지금은 가는 곳마다 의자와 벤치가 철거되어
앉지 마시오 어서 갈 길 가시오
라고 말하는 듯

*

四十年前の　ある晩秋
夜行で発って朝まだき
奈良駅についた
法隆寺へ行きたいのだが
まだバスも出ない
しかたなく
昨夜買った駅弁をもそもそ食べていると
その待合室に　駅長さんが近づいてきて
二、三の客にお茶をふるまってくれた
ゆるやかに流れていた時間

駅長さんの顔は忘れてしまったが
大きな薬缶と　制服と
注いでくれた熱い渋茶の味は
今でも思い出すことができる

　　　　*

사십 년 전 어느 늦가을
밤기차로 동트기 전
나라역에 닿았다
호류지에 가고 싶었지만
아직 버스도 다니지 않아
하는 수 없이
전날 밤 산 도시락을 느릿느릿 먹고 있으려니
대합실에서 역장이 나와
두세 명의 손님에게 차를 따라주었다
느긋하게 흐르던 시간

역장의 얼굴은 잊어버렸지만
커다란 주전자와 제복
따라주었던 뜨겁고 쌉쌀한 차 맛은
지금도 기억한다

* 전국시대 다이묘.

さくら

ことしも生きて

さくらを見ています

ひとは生涯に

何回ぐらいさくらをみるのかしら

ものごころつくのが十歳ぐらいなら

どんなに多くても七十回ぐらい

三十回　四十回のひともざら

なんという少なさだろう

もっともっと多く見るような気がするのは

祖先の視覚も

まぎれこみ重なりあい霞だつせいでしょう

あでやかとも妖しとも不気味とも

据えかねる花のいろ

さくらふぶきの下を　ふららと歩けば

一瞬

名僧のごとくにわかるのです

死こそ常態

生はいとしき蜃気楼と

벚꽃

올해도 살아서
벚꽃을 보고 있습니다
사람은 한평생
몇 번이나 벚꽃을 볼까요
철들 무렵이 열 살이라고 한다면
아무리 많아도 칠십 번은 볼까
서른 번 마흔 번 보는 사람도 많겠지
너무 적네
그것보단 훨씬 더 많이 본다는 기분이 드는 건
선조의 시각도 섞여들고 더해지며
꽃 안개가 끼기 때문이겠죠
곱기도 요상하기도 선뜩하기도
종잡을 수 없는 꽃의 빛깔
꽃보라 사이를 휘청휘청 걷노라면
어느 한순간
덕 많은 승려처럼 깨닫게 됩니다
죽음이야말로 자연스런 상태
삶은 사랑스런 신기루임을

言いたくない言葉

心の底に　強い圧力をかけて
蔵ってある言葉
声に出せば
文字に記せば
たちまちに色褪せるだろう

それによって
私が立つところのもの
それによって
私が生かしめられているところの思念

人に伝えようとすれば
あまりに平凡すぎて
けっして伝わってはゆかないだろう
その人の気圧のなかでしか
生きられぬ言葉もある

一本の蝋燭のように
熾烈に燃えろ　燃えつきろ
自分勝手に
誰の眼にもふれずに

말하고 싶지 않은 말

마음속에 강한 압력을 가해
남몰래 감춰둔 말
소리 내 말하면
글로 써내면
순식간에 빛이 바래리라

그 말로 인해
나 여기 있으나
그 말로 인해
나 살아갈 힘을 얻으나

남에게 전하려 하면
너무도 평범해져
결코 전하지 못하리라
그 사람 고유의 기압 내에서만
생명을 얻는 말도 있는 법이다

한 자루의 초처럼
격렬히 타올라라   완전히 타버려라
제멋대로
어느 누구의 눈에도 닿지 않고

知

H₂Oという記号を覚えているからといって
水の性格　本質を知っていることにはならないのだ

仏教の渡来は一二一二年と暗記して
日本の一二〇〇年代をすっかり解ったようなつもり

人のさびしさも　悔恨も　頭ではわかる
その人に特有の怒髪も　切歯扼腕も　目にはみえる
しかし我が惑乱として密着できてはいないのだ
　　　　　　　　　　　　　　知らないに等しかろう

他の人にとっては　さわれもしない
どこから湧くともしれぬ私の寂寥もまた

それらを一挙に埋めるには　想像力をばたつかせるよりない
　　のだろうが
この翼とて　手入れのわりには
勁くなったとも　しなやかになったとも　言いきれぬ

안다는 것

H₂O라는 기호를 외운다고 해서
물의 성격   본질을 안다고 할 수는 없다

불교가 들어온 것이 1212년이라고 암기하고서
일본의 1200년대를 완전히 이해한 듯 구는 것과 같다

인간의 외로움도   회한도   머리로는 이해한다
그 사람 특유의 분노도   절치액완*도   눈에는 보인다
그러나 자신의 혼란에는 밀착되어 있지 않다
                        모르는 것이나 마찬가지리라

다른 사람에게는   닿을 수도 없고
어디서 오는지 알 수도 없는 나의 적요 또한

이 적막감을 몰아내기 위해 상상력을 발동해보지만
그런 것치고는
강해졌다고도   부드러워졌다고도   단정할 수 없다

やたらに
わかった　わかった　わかった　と叫ぶ仁
わたしのわかったと言い得るものは
何と何と何であろう

不惑をすぎて　愕然となる
持てる知識の曖昧さ　いい加減さ　身の浮薄！
ようやく九九を覚えたばかりの
わたしの幼時にそっくりな甥に
それらしきこと伝えたいと　ふりかえりながら
言葉　はた　と躓き　黙りこむ

함부로

안다　안다　다 안다　외쳐도 될까

내가 안다고 단언할 수 있는 것은

무엇과 무엇과 무엇인가

불혹을 넘기고야 아연해진다

내 지식이 얼마나 애매하고 천박했는지!

구구단을 겨우 외운

나의 어린 시절을 꼭 닮은 조카에게

그 비슷한 이야기를 해주려고 뒤돌아보며

언어는 정말이지　하다가　말문이 막혀 입을 다문다

* 몹시 분해 이를 갈고 팔을 걷어붙임.

この失敗にもかかわらず

五月の風にのって
英語の朗読がきこえてくる
裏の家の大学生の声
ついで日本語の逐次訳が追いかける
どこかで発表しなければならないのか
よそゆきの気取った声で
英語と日本語交互に織りなし

その若々しさに
手を休め
聴きいれば

この失敗にもかかわらず……
この失敗にもかかわらず……
そこで　はたりと　沈黙がきた
どうしたの？　その先は

이 실패에도 불구하고

오월의 바람을 타고
영어 낭독이 들려온다
뒷집 대학생 목소리
곧이어 일본어 번역이 뒤따른다
발표를 준비하는 듯
격식을 차린 목소리로
영어와 일본어를 교차로 구성했다

그 젊음에
잠시 일손을 멈추고
들어보는데

이 실패에도 불구하고……
이 실패에도 불구하고……
거기서　불쑥　침묵이 흘렀다
왜 그래?　그 다음은

失恋の痛手にわかに疼きだしたのか
あるいは深い思索の淵に
突然ひきずり込まれたのか
吹きぬける風に
ふたたび彼の声はのらず
あとはライラックの匂いばかり

原文は知らないが
あとは私が続けよう
そう
この失敗にもかかわらず
私もまた生きてゆかねばならない
なぜかは知らず
生きている以上　生きものの味方をして

갑작스레 실연의 상처가 찾아든 것일까
혹은 깊은 사색의 늪으로
끌려들어간 걸까
바람이 불어와도
두 번 다시 그의 목소리는 들리지 않고
남은 것은 라일락 향기뿐

원문은 모르지만
그 뒤는 내가 이어볼게
그래
이 실패에도 불구하고
나는 다시 살아가야만 해
이유는 모르지만
살아 있는 한   살아 있는 것들의 편이 되어

女の子のマーチ

男の子をいじめるのは好き
男の子をキイキイいわせるのは大好き
今日も学校で二郎の頭を殴ってやった
二郎はキャンといって尻尾をまいて逃げてった
　　　　二郎の頭は石頭
　　　　べんとう箱がへっこんだ

パパはいう　お医者のパパはいう
女の子は暴れちゃいけない
からだの中に大事な部屋があるんだから
静かにしておいで　やさしくしておいで
　　　　そんな部屋どこにあるの
　　　　今夜探険してみよう

おばあちゃまは怒る　梅干ばあちゃま
魚をきれいに食べない子は追い出されます
お嫁に行っても三日ともたず返されます
頭と尻尾だけ残し　あとはきれいに食べなさい
　　　　お嫁になんか行かないから
　　　　魚の骸骨みたくない

여자아이의 행진

남자아이를 괴롭히는 게 좋아
남자아이를 꺼이꺼이 울리는 게 너무 좋아
오늘도 학교에서 지로의 머리를 때려줬다
지로는 꺄악 하고 겁에 질려 도망쳤다
　　　　지로는 돌대가리
　　　　도시락이 찌그러졌어

아빠는 말했지　의사선생님 아빠
여자아이는 난폭하게 굴면 안 돼
몸속에 소중한 방이 있으니까
조용히 있어라　얌전히 굴어라
　　　　어디 그런 방이 있어
　　　　오늘밤 탐험해볼까

할머니는 화를 냈지　쪼그랑 할머니
생선을 깨끗이 발라먹지 않으면 집에서 쫓겨난다
시집을 가도 사흘 안에 소박맞는다
머리랑 꼬리만 남기고　나머진 깨끗이 발라먹어
　　　　시집 같은 거 안 갈래
　　　　생선 해골 보기 싫어

パン屋のおじさんが叫んでた
強くなった女と靴下　女と靴下ァ
パンかかえ奥さんたちが笑ってた
あったりまえ　それにはそれの理由があるのよ
　　　　　あたしも強くなろうっと!
　　　　　あしたはどの子を泣かせてやろうか

빵집 아저씨는 소리쳤다

요즘 강해진 건 여자하고 양말   여자하고 양말이야

빵을 껴안은 아주머니들이 웃으며 말했다

그야 당연하지   다 그럴 만한 이유가 있으니까

　　　　나도 강해질 거야!

　　　　내일은 또 누구를 울려줄까

食卓に珈琲の匂い流れ

食卓に珈琲の匂い流れ

ふとつぶやいたひとりごと
あら
映画の台詞だったかしら
なにかの一行だったかしら
それとも私のからだの奥底から立ちのぼった溜息でしたか
豆から挽きたてのキリマンジャロ
今さらながらにふりかえる
米も煙草も配給の
住まいは農家の納屋の二階　下では鶏かさわいでいた
さなから難民のようだった新婚時代
インスタントのネスカフェを飲んだのはいつだったか
みんな貧しくて
それなのに
シンポジウムだサークルだと沸きたっていた
やっと珈琲らしい珈琲がのめる時代
一滴一滴したたり落ちる液体の香り

식탁에는 커피향이 흐르고

문득 중얼거린 혼잣말
저런
영화 속 대사였나
어디서 본 구절인가
아니면 몸 깊은 데서 솟아난 탄식일까
원두는 갓 분쇄한 킬리만자로
이제 와 새삼 돌이켜본다
쌀과 담배 모두 배급하던 시절
농가 창고 이층에 살았다 아래층엔 닭들이 소란스럽고
흡사 난민과도 같았던 신혼시절
인스턴트 네스카페를 마신 게 언제였더라
다들 가난하고
그런데도
심포지엄이니 서클이니 들끓었다
겨우 커피다운 커피를 마실 수 있는 시대
한 방울 한 방울 똑똑 떨어지는 액체의 향기

静かな

日曜日の朝

食卓に珈琲の匂い流れ……

とつぶやいてみたい人々は

世界中で

さらにさらに増えつづける

고요한

일요일 아침

식탁에는 커피향이 흐르고……

라고 중얼거리고 싶은 사람들은

세상에

조금씩 더 늘어나고 있다

もっと強く

もっと強く願っていいのだ
わたしたちは明石の鯛がたべたいと

もっと強く願っていいのだ
わたしたちは幾種類ものジャムが
いつも食卓にあるようにと

もっと強く願っていいのだ
わたしたちは朝日の射すあかるい台所が
ほしいと

すりきれた靴はあっさりとすて
キュッと鳴る新しい靴の感触を
もっとしばしば味いたいと

秋　旅に出たひとがあれば
ウィンクで送ってやればいいのだ

なぜだろう
萎縮することが生活なのだと
おもいこんでしまった村と町
家々のひさしは上目づかいのまぶた

더 강하게

더 강하게 바라도 좋다
우리는 아카시산 돔이 먹고 싶다고

더 강하게 바라도 좋다
우리는 여러 종류의 잼이
늘 식탁 위에 있었으면 한다고

더 강하게 바라도 좋다
우리는 아침 햇살 드는 밝은 부엌을
갖고 싶다고

닳아서 떨어진 구두는 과감히 버리고
뽀드득거리는 새 구두의 감촉을
좀 더 자주 느끼고 싶다고

가을 여행에 나서는 사람이 있다면
윙크로 배웅하면 될 일이다

어째서일까
졸라매고 사는 게 생활이라고
철석같이 믿게 된 마을
집들의 차양은 치뜨는 눈꺼풀

おーい　小さな時計屋さん
猫脊をのばし あなたは叫んでいいのだ
今年もついに土用の鰻と会わなかったと

おーい　小さな釣道具屋さん
あなたは叫んでいいのだ
俺はまだ伊勢の海もみていないと

女がほしければ奪うのもいいのだ
男がほしければ奪うのもいいのだ

ああ わたしたちが
もっともっと貪婪にならないかぎり
なにごとも始りはしないのだ。

어이   조그만 시계방 아저씨
굽은 허리를 펴고 외쳐도 좋아요
올해도 끝끝내 장어 맛을 못 봤다고

어이   조그만 낚시가게 아저씨
당신은 외쳐도 좋습니다
아직도 이세(伊勢) 바다에 가보지 못했다고

여자를 원한다면 그 마음을 앗아라
남자를 원한다면 그 마음을 앗아라

아아   우리가
더욱더 욕망하지 않는 한
아무것도 시작되지 않는다.

汲む

── Y・Yに

大人になるというのは
すれっからしになることだと
思い込んでいた少女の頃
立居振舞の美しい
発音の正確な
素敵な女のひとと会いました
そのひとは私の背のびを見すかしたように
なにげない話に言いました

初々しさが大切なの
人に対しても世の中に対しても
人を人とも思わなくなったとき
堕落が始るのね　堕ちてゆくのを
隠そうとしても　隠せなくなった人を何人も見ました

私はどきんとし
そして深く悟りました

되새깁니다
—— Y·Y에게

어른이 된다는 건
약아지는 거라고
믿었던 소녀 시절
몸가짐이 우아하고
발음이 정확한
멋진 여성을 만났습니다
그 사람은 제가 애쓰고 있단 걸 알아챘는지
무심히 이렇게 말했습니다

순수함이 중요해
사람을 만날 때나 세상을 대할 때나
사람을 사람으로 여기지 않게 되었을 때
타락한단다   추락해가는 걸
감추려 해도   감추지 못하는 사람을 많이 보았지

저는 뜨끔했습니다
그리고 깊이 깨달았습니다

大人になってもどぎまぎしたっていいんだな

ぎこちない挨拶　　醜く赤くなる

失語症　なめらかでないしぐさ

子供の悪態にさえ傷ついてしまう

頼りない生牡蠣のような感受性

それらを鍛える必要は少しもなかったのだな

年老いても咲きたての薔薇　　柔らかく

外にむかってひらかれるのこそ難しい

あらゆる仕事

すべてのいい仕事の核には

震える弱いアンテナが隠されている　きっと……

わたくしもかつてのあの人と同じぐらいの年になりました

たちかえり

今もときどきその意味を

ひっそり汲むことがあるのです

어른이 되어 갈팡질팡해도 되는 거구나
서툰 인사   못나게 얼굴이 빨개지고
실어증 자연스럽지 못한 언동
철없는 꼬마의 욕설에도 상처 입고
믿음 안 가는 생굴 같은 감수성
그런 걸 단련할 필요가 없었구나
나이 들어도 갓 핀 장미처럼   보드랍게
밖으로 펼쳐지는 것이야말로 어려운 일
세상 모든 일
온갖 좋은 일의 핵심에는
떨리는 연약한 안테나가 숨어 있다   반드시……
저도 예전 그분과 비슷한 나이가 되었습니다
문득 떠올리며
지금도 가끔씩 그 의미를
가만히 되새길 때가 있습니다

海を近くに

海がとても遠いとき
それはわたしの危険信号です

わたしに力の溢れるとき
海はわたしのまわりに　蒼い

おお海よ！　いつも近くにいて下さい
シャルル・トレネの唄のリズムで

七ツの海なんか　ひとまたぎ
それほど海は近かった　青春の戸口では

いまは魚屋の店さきで
海を料理することに　心を砕く

まだ若く　カヌーのような青春たちは
ほんとうに海をまたいでしまう

海よ！　近くにいて下さい
かれらの青春の戸口では　なおのこと

바다 가까이

바다가 내게서 멀리 있을 때
그것은 나에게 위험신호입니다

내게 힘이 흘러넘칠 때
바다는 내 곁에서 파랗습니다

오 바다여! 항상 곁에 있어주세요
샤를 트레네*의 선율과 같이

청춘의 문턱에서는 오대양도 한걸음에 건넜다
그만큼 바다가 가까웠다

지금은 생선가게 앞에서
바다를 굽는 것만 보아도 마음이 어수선한데

아직 젊은 카누처럼 힘찬 청년들은
정말로 바다를 타고 넘는다

바다여! 곁에 있어주세요
그들 청춘의 문턱에서는 더더욱

* 프랑스 샹송 가수.

小さな渦巻

ひとりの籠屋が竹籠を編む
なめらかに　魔法のように美しく

ひとりの医師がこつこつと統計表を
埋めている　厖大なものにつながる
きれっぱし

ひとりの若い俳優は憧憬の表情を
今日も必死に再現している

ひとりの老いた百姓の皮肉は
〈忘れられない言葉〉となって
誰かの胸にたしかに育つ

ひとりの人間の真摯な仕事は
おもいもかけない遠いところで
小さな小さな渦巻きをつくる

それは風に運ばれる種子よりも自由に
すきな進路を取り
すきなところに花を咲かせる

작은 소용돌이

바구니 장사꾼이 대나무 바구니를 짠다
거침없는 마법처럼 아름답게

의사가 사각사각 통계표를 채워 넣는다
방대한 것에 이어지는
사소한 조각

젊은 배우는 오늘도
그리움 가득한 표정을 필사적으로 연기한다

늙은 농부가 내뱉은 한마디 촌철살인은
'잊지 못할 말'이 되어
어떤 이의 가슴속에 착실히 자란다

한 인간이 하는 진지한 작업은
뜻밖에 먼 곳에서
작디작은 소용돌이를 일으킨다

그것은 바람에 실려 가는 씨앗보다 자유롭게
내키는 방향으로 날아가
내키는 곳에서 꽃을 피운다

私がものを考える

私がなにかを選びとる

私の魂が上等のチーズのように

練られてゆこうとするのも

みんな　どこからともなく飛んできたり

ふしぎな磁力でひきよせられたりした

この小さく鋭い滝巻のせいだ

むかし隣国の塩と隣国の米が

　　　　　　交換されたように

現在　遠方の蘭と遠方の貨幣が

　　　　　　飛行便で取引きされるように

それほどあからさまではないけれど

耳をひらき

目をひらいていると

そうそうと流れる力強い

ある精緻な方則が

地球をやさしくしているのが　わかる

たくさんのすばらしい贈物を

いくたび貰ったことだろう

こうしてある朝　ある夕

내가 생각에 잠긴다
내가 무언가를 골라 취한다
나와 나의 영혼이 최상의 팀처럼
하나가 되어가는 것도
모두 어딘가에서 날아들거나
신비로운 자기력에 끌려온
이 작고 예민한 회오리 탓이다

오래전 이웃나라에서 소금과 쌀을
            교환했듯이
오늘날 먼 나라의 난과 화폐를
            비행기로 거래하듯이
그만큼 명백하지는 않지만
귀를 열고
눈을 뜨면
힘차게 흘러가는
정교하고 치밀한 법칙이
지구를 따스하게 해준다는 걸 알 수 있다

얼마나 훌륭한 선물들을
셀 수 없이 받아 왔는지
이런 아침 이런 낮

私もまた　ためらわない
文字達を間断なく　さらい
一篇の詩を成す
このはかない作業をけっして。

나 또한 주저하지 않으리라
끊임없이 글자를 낚아채
한 편의 시를 쓴다
이 덧없는 작업을 결단코.

詩人の卵

魚が　あんなにびっしり
喘ぎ喘ぎ卵を抱えているのは
孵る子が乏しいため
孵っても生き抜く確率がすくないため
下手な鉄砲も数打ちゃ当る
詩人の卵が昔より
びっしり増えてきたのもさ
現実に食われる詩人が多いため
はりきれ　卵！
誰も知っちゃいないのだ
どれがほんとに孵るのか
水の流れも知らないのだ

イキテルヤツハミナタマゴ

시인의 알

물고기가   그토록 많은 알을
헐떡이며 품는 건
부화하는 알이 적기 때문이다
부화해도 살아남을 확률이 적기 때문이다
어설픈 총질도 여러 번 쏘면 맞는다
시인의 알이 오래전부터
빽빽이 들어차 있다고 해도
현실에 잡아먹히는 시인은 많으니
어깨를 펴   알!
누구도 알지 못하는 거야
어떤 말이 부화할지
흐르는 물도 알지 못한다

살아 있는 녀석은 모두 알이다

その時

セクスには
死の匂いがある

新婚の夜のけだるさのなか
わたしは思わず呟いた

どちらが先に逝くのかしら
わたしとあなたと

そんなことは考えないでおこう
医師らしくもなかったあなたの答

なるべく考えないで二十五年
銀婚の日もすぎて　遂に来てしまった

その時が
生木を裂くように

그날

섹스에서는
죽음의 냄새가 나

나른한 신혼의 밤
나도 모르게 중얼거렸다

누가 먼저 세상을 뜰까
나와 당신 둘 중에

그런 건 생각하지 말자
의사답지 않게 당신은 말했지

되도록 생각하지 않고 이십오 년
은혼의 날이 지나 마침내 왔다

그날이
생나무를 쪼개듯

夢

ふわりとした重み
からだのあちらこちらに
刻されるあなたのしるし
ゆっくりと
新婚の日々よりも焦らずに
おだやかに
執拗に
わたしの全身を浸してくる
この世ならぬ充足感
のびのびとからだをひらいて
受け入れて
じぶんの声にふと目覚める

隣のベッドはからっぽなのに
あなたの気配はあまねく満ちて
音楽のようなものさえ鳴りいだす
余韻
夢ともうつつともしれず
からだに残ったものは
哀しいまでの清らかさ

꿈

나긋나긋한 무게
몸 여기저기에
새겨진 너의 표식
천천히
신혼의 나날보다도 차분하게
온화하게
집요하게
나의 전신이 잠기어 든다
이 세상에 없는 충족감
몸을 쭉 펴고
받아들이며
나의 목소리에 문득 정신이 든다

침대 옆자리는 텅 비었는데
당신의 흔적은 빈틈없이 가득하여
음악 소리마저도 들려올 듯한데
여운
꿈인지 생시인지도 알 수 없이
몸에 남은 것은
슬프도록 맑고 깨끗함

やおら身を起し

数えれば　四十九日が明日という夜

あなたらしい挨拶でした

千万の思いをこめて

無言で

どうして受けとめずにいられましょう

愛されていることを

これが別れなのか

始まりなのかも

わからずに

유유히 몸을 일으켜

세어보니 날 밝으면 사십구일

당신다운 인사였습니다

수없이 많은 생각을 담아

말없이

받아들일 수밖에 없는 일입니다

사랑받고 있다는 것을

이것이 헤어짐인지

시작인지도

모른 채

月の光

ある夏の

ひなびた温泉

湯あがりのうたたねのあなたに

皓皓の満月　冴えわたり

ものみな水底のような静けさ

月の光を浴びて眠ってはいけない

不吉である

どこの言い伝えだったろうか

なにで読んだのだったろうか

ふいに頭をよぎったけれど

ずらすこともせず

戸をしめることも

顔を覆うこともしなかった

ただ　ゆっくりと眠らせてあげたくて

あれがいけなかったのかしら

いまも

目に浮かぶ

蒼白の光を浴びて

眠っていた

あなたの鼻梁

頬

浴衣

素足

달의 빛

어느 여름날
소박한 온천에서
목욕 후 선잠이 든 당신에게
교교한 보름달 비치니
아름다운 물속 같은 고요
달의 빛을 머금고 잠들어선 안 된다
불길한 일이다
어디서 들었던 미신인가
어디서 읽었던 글귀인가
별안간 스치는 생각을
물리지도
창을 닫지도
얼굴을 감싸지도 않았다
그저 푹 재우고 싶었는데
그게 잘못이었을까
지금도
눈에 선하다
창백한 빛을 머금고
잠들어 있던
당신의 콧날
뺨
유가타
맨발

部分

日に日を重ねてゆけば
薄れてゆくのではないかしら
それを恐れた
あなたのからだの記憶
好きだった頸すじの匂い
やわらかだった髪の毛
皮脂滑らかな頬
水泳で鍛えた厚い胸郭
爪字型のおへそ
ひんぴんとこぶらがえりを起したふくらはぎ
爪のびれば肉に喰いこむ癖あった足の親指
ああ　それから
もっともっとひそやかな細部
どうしたことでしょう
それら日に夜に新たに
いつでも取りだせるほど鮮やかに
形を成してくる
あなたの部分

부분

하루에 하루를 더하면
점점 더 옅어지는 게 아닐까
당신 몸에 대한 기억
사라질까 두려웠습니다
좋아하던 목덜미 냄새
부드러운 머리칼
윤기 있고 반들반들한 뺨
수영으로 단련된 두터운 흉곽
爪자형 배꼽
잦은 경련이 일던 장딴지
안으로 파고들며 자라던 엄지발톱
아아   그리고
훨씬 더 은밀한 세부
그런데 어찌된 일인가요
밤이나 낮이나 새로이
언제든 선명히 떠오를 만큼
형태를 갖추고 다가오는
당신의 부분

泉

わたしのなかで
咲いていた
ラベンダーのようなものは
みんなあなたにさしあげました
だからもう薫るものはなにひとつない

わたしのなかで
溢れていた
泉のようなものは
あなたが息絶えたとき　いっぺんに噴き上げて
今はもう枯れ枯れ　だからもう　涙一滴こぼれない

ふたたびお逢いできたとき
また薫るのでしょうか　五月の野のように
また溢れるのでしょうか　ルルドの泉のように

샘

내 안에
피어난
라벤더 같은 것은
모두 당신께 드렸습니다
그러니 향기가 더는 남아 있지 않아요

내 안에
넘치는
샘물 같은 것은
당신의 숨이 끊어졌을 때
일시에 치솟더니 말라버렸습니다
이젠 눈물 한 방울 나오지 않아요

다시금 당신을 만나게 된다면
또 향기가 날까요   오월의 들판처럼
또 넘쳐흐를까요   루르드의 샘처럼

恋唄

肉体をうしなって
あなたは一層　あなたになった
純粋の原酒になって
一層わたしを酔わしめる

恋に肉体は不要なのかもしれない
けれど今　恋いわたるこのなつかしさは
肉体を通してしか
ついに得られなかったもの

どれほど多くのひとびとが
潜って行ったことでしょう
かかる矛盾の門を
惑乱し　涙し

연가

육체를 잃고
당신은 한층   당신이 되었다
순수의 원주(原酒)가 되어
한층 나를 취하게 한다

사랑에 육체는 불필요한지도 모른다
하지만 지금   구석구석 닿는 이 그리움은
오직 육체를 통해서만
얻을 수 있는 것

얼마나 많은 사람들이
이 모순의 문을
빠져나갔을까
이리저리 헤매며   눈물지으며

獣めく

獣めく夜もあった
にんげんもまた獣なのねと
しみじみわかる夜もあった

シーツを新しくピンと張ったって
寝室は　落ち葉かきよせ籠り居る
狸の巣穴とことならず

なじみの穴ぐら
寝乱れの抜け毛
二匹の獣の匂いぞ立ちぬ

なぜかなぜか或る日忽然と相棒が消え
わたしはキョトンと人間になった
人間だけになってしまった

짐승이었던

짐승이었던 밤도 있었다
그래 인간도 짐승이구나
사무치게 깨달은 밤도 있었다

시트를 팽팽히 당겨보아도
침실은 낙엽을 긁어모아 가득 쌓아둔
너구리 소굴과 다르지 않네

익숙한 움막
흐트러진 터럭
두 마리 짐승이 풍기는 냄새

어느 날 갑자기 나의 짝이 사라지고
나는 멀뚱히 인간이 되었다
그저 인간이 되어버렸다

急がなくては

急がなくてはなりません
静かに
急がなくてはなりません
感情を整えて
あなたのもとへ
急がなくてはなりません
あなたのかたわらで眠ること
ふたたび目覚めない眠りを眠ること
それがわたくしたちの成就です
辿る目的地のある　ありがたさ
ゆっくりと
急いでいます

서두르지 않으면

서두르지 않으면 안 됩니다
조용히
서두르지 않으면 안 됩니다
마음을 가다듬고
당신이 있는 곳으로
서두르지 않으면 안 됩니다
당신 옆에 잠드는 일
두 번 다시 깨지 않을 잠에 드는 일
그것이 우리의 성취입니다
언젠가 닿을 목적지가 있어   얼마나 다행인지
찬찬히
서두르고 있습니다

（存在）

あなたは　もしかしたら
存在しなかったのかもしれない
あなたという形をとって　何か
素敵な気がすうっと流れただけで

わたしも　ほんとうは
存在していないのかもしれない
何か在りげに
息などしてはいるけれども

ただ透明な気と気が
触れあっただけのような
それはそれでよかったような
いきものはすべてそうして消え失せてゆくような

(존재)

당신은   어쩌면
존재하지 않았던 것인지도 모릅니다
당신이라는 형상을 갖추고   무언가
멋진 기운이 스윽 흘러나왔을 뿐

나도   사실은
존재하지 않는 것인지도 모릅니다
무언가 있는 듯
숨을 쉬고는 있지만

그저 투명한 기운과 기운이
서로 닿았을 뿐이라는 듯
그건 그것대로 좋았다는 듯
살아 있는 것은 모두 그렇게 사라져간다는 듯

（パンツ一枚で）

パンツ一枚で
うろうろしたって
品のあるひとはいるもので
暮らしを共にした果てに
相棒にそう思わせるのは
至難のわざでありましょうに
らくらくとあなたはそれをやってのけた
肩ひじ張らず　ごく自然に

ふさわしい者でありたいと
おもいつづけてきましたが
追いつけぬままに逝かれてしまって
たったひとつの慰めは
あなたの生きて在る時に
その値打ちを私がすでに知っていたということです

(팬티 한 장 차림으로)

팬티 한 장 차림으로
오락가락한대도
품위 있는 사람은 있기 마련입니다
함께 사는 동안에
배우자가 그리 생각토록 하는 건
지극히 어려운 일일 텐데
당신은 수월히도 잘 해냈지요
어깨에 힘 한번 주지 않고   자연스럽게

어울리는 사람이 되고 싶다고
쭉 생각했습니다
채 따라잡기도 전에 떠나가는군요
단 한 가지 위안은
당신이 살아 있을 때에
제가 당신의 가치를 이미 알았다는 것입니다

歳月

真実を見きわめるのに

二十五年という歳月は短かったでしょうか

九十歳のあなたを想定してみる

八十歳のわたしを想定してみる

どちらかがぼけて

どちらかが疲れはて

あるいは二人ともそうなって

わけもわからずに憎みあっている姿が

ちらっとよぎる

あるいはまた

ふんわりとした翁と媼になって

もう行きましょう　と

互いに首を締めようとして

その力さえなく尻餅なんかついている姿

けれど

歳月だけではないでしょう

たった一日っきりの

稲妻のような真実を

抱きしめて生き抜いている人もいますもの

세월

진실을 가려내는 데
이십오 년이라는 세월은 짧았을까요
아흔이 된 당신을 상상해봅니다
여든이 된 나를 상상해봅니다
둘 중 하나가 정신이 흐려지고
둘 중 하나가 지칠 대로 지쳐
혹은 두 사람 모두 그리 되어
영문도 모른 채 미워하는 모습이
흘끗 스쳐갑니다
혹은 또
푸근한 할아버지 할머니가 되어
슬슬 갑시다   하고
서로 목을 조르려다가
그 힘조차 없어서 엉덩방아를 찧는 모습
하지만
세월의 힘만은 아닐 겁니다
번개와도 같은
단 하루의 진실을
끌어안고 사는 사람도 있으니까요

옮긴이의 말

아름다운 것들이 쓸모없어지는 시절은 전쟁과 함께 온다.
승리만이 모든 것인 세상에서 소소한 시, 그림, 책, 꽃,
낭만 같은 것들은 화염 속으로 사라진다. 이바라기 노리코가
소녀였을 때, 일본은 전쟁을 선포했다. 소녀는 헌책방에
숨어들어 새와 달과 사랑을 노래하던 천 년 전 시를 읽으며
살벌한 시대를 보냈다. 스무 살 되던 해, 그녀의 나라는
전쟁에서 졌다. 공습으로 불탄 긴자 거리를 터덜터덜 걸으며
그녀는 중얼거렸다.

　　　이런 멍청한 짓이 또 있을까……

이바라기 노리코의 시와 사상은 여기서 출발한다. 누군가를
짓밟고 승리의 깃발을 꽂아 더 높이 더 멀리 정복하고자 하는
인간의 어리석음이여. 그녀는 일본이 저지른 만행을
시 언어로 고발하는 한편, '살아 있는 한 살아 있는 것들의 편이
되어' 시를 쓰고자 했다. 그녀의 시들은 전후 시인 가운데
두각을 나타냈으며 특히 여성으로서 강인한 자의식이 드러나는
자유분방하고 직설적인 시어로 자기만의 스타일을 구축했다.
흡사 처마에 걸린 고드름을 한입 깨물 때 드는 기분처럼,
단순하면서도 자연스럽게 응결된 단단하고 올곧은 깨끗함.
본래 희곡과 동화를 쓰면서 창작 세계에 발을 들인 그녀의
시에는, 명징한 주제를 되도록 쉽고 간결하게 표현하여 인간의
본질 근처를 단번에 찌르는 단호함이 있었다. 단순한 언어에
깊은 뜻을 담는 일, 어렵지 않은 시어로 강력한 의지를

드러내는 일, 그리하여 세상을 조금이라도 나은 쪽으로
가게 하는 일, 이것이 이바라기 노리코가 시인으로 살면서 숨을
거두는 그날까지 쉬지 않고 해온 작업이다.

또 한 가지 이바라기 노리코의 생애에서 빼놓을 수 없는 것은
이웃나라 한국의 글과 예술에 대한 애정이다. 어린 시절
김소운이 편역한 『조선민요선(朝鮮民謠選)』(이와나미문고)을
읽고 조선 민요의 소박함과 기지에 이끌린 그녀는, 백자를
비롯한 조선의 자기와 그릇, 백제관음상, 관세음보살상,
미륵보살상 등의 불상, 조선시대 방랑화가들이 그린 민화를
사랑해 마지않았다. 미술을 향한 애정이 이웃나라에 대한
호감으로 이어져 자연스럽게 언어를 배우고자 하는 갈망이
생겨났다. 마음에 쭉 품고 있었지만 좀처럼 실행에 옮기지
못하다 남편과 사별한 뒤부터 본격적으로 늦깎이 한글 공부에
들어갔다. 한 걸음 한 걸음 새로운 언어의 숲으로 들어가는
상쾌함은 외로움 속에서도 그녀를 앞으로 나아가게 만들었다.
열정적으로 한글을 배우는 사이 자연스레 한국의 시인들을
알게 되었다. 그것이 윤동주이고 조병화이고 신경림이었다. 이후
그녀는 한국의 현대시를 직접 고르고 번역하여 『한국현대
시선(韓国現代詩選)』(카신샤, 1990)을 출간했으며, 이 책으로
그해 요미우리문학상(번역부문)을 수상했다. 그녀가 번역한
윤동주의 시는 일본의 한 교과서에도 실리며 일본 사회에
널리 윤동주를 알리는 계기가 됐다.

나는 그녀의 시들을 시간을 두고 빠짐없이 반복해 읽으며,
이바라기 노리코라는 시인의 전 세계를 한 권의 책에 담을 수
있도록 시의 선택과 배열에 힘썼다. 저본으로 사용한
『이바라기 노리코 전시집(茨木のり子全詩集)』(카신샤)에는
시인이 생전에 출간한 시집 『보이지 않는 배달부』, 『인명시집』,
『기대지 않고』 등과 세상을 떠난 후 발표된 시집 『세월』을

포함한 총 아홉 권의 시집, 그리고 몇몇 미발표작이 실린
세 권의 시선집과 신문 잡지에 실린 시를 시인이 직접 오려 모은
스크랩북 등 이바라기 노리코가 쓴 모든 시가 실려 있었다.
기본적으로는 내게 가장 좋은 느낌으로 다가온 시들을 먼저
골라 번역했고, 그녀와 삼십 년 넘게 두터운 우정을 맺어온 시인
다니카와 슌타로가 선별한 『이바라기 노리코 시집(茨木のり子
詩集)』(이와나미문고)을 비롯해 일본에서 발행된 여러 권의
시선집과 무크지 등에 실린 시들을 확인해 높은 빈도로 실린
시들을 추가로 번역하는 과정을 거쳤다. 한편 번역 후에는
안희연 시인이 교정을 맡아주어 믿음직했다.

종종 번역가로서 어떻게 문체를 갈고 닦느냐는 질문을 받을
때가 있다. 나는 그 길이 모국어 시집 속에 있다고 믿는다. 새로
번역에 들어갈 때마다 작품에 어울리는 한국 시집 여러 권을
손에 닿기 쉬운 곳에 골라두는 것도 내겐 번역의 즐거운
과정이다. 또 하나는 홀로 낭독의 시간을 갖는 것이다. 아무도
없는 방 안, 소리 내 원어와 번역어를 번갈아 낭독하는 동안
나의 책상 위에는 두 개의 문체가 모습을 드러낸다.
저자의 문체와 나의 문체다. 한 공간에 출현한 그들은 춤을 추기
시작한다. 서로 다른 노래를 틀어놓고 각자 춤을 추는 것처럼
느껴진다면, 그것은 잘못된 번역이다. 둘이 한 치의 어긋남
없이, 서로 발을 밟지도 않고 어깨를 치지도 않으며 조화로운
춤을 추었다면, 그것은 잘된 번역이다. 그런 시들은 안 시인이
넘겨준 교정지가 깨끗하다. 손댈 데 없음. 그러나 한쪽은
왈츠를 추는데 한쪽은 탱고를 추는 것 같은, 그런 번역도 있다.
그럴 땐 안 시인과 나의 팽팽한 기 싸움이 시작된다. 물론
소리를 지르거나 하는 건 아니고, 원고에 죽죽 그어놓은 줄과
이러저러하게 고치는 게 어떻겠냐는 코멘트를 내가 노려보는,
그런 싸움이다. 처음에는 나도 과연 짜증이 난다. 하지만
노려보는 동안에 서서히 깨닫는다. 그래, 이건 내가 어설픈

옮긴이의 말

댄스를 추고 있다는 소리야. 다시 접어드는 고민의 늪……
한글에 능통해 한국시까지 번역한 이바라기 노리코는
이 시집을 어떻게 읽어줄까. 그녀에게 미소 한번 지어주지 않는
윤동주를 상상하는 시구가 떠오른다. 그녀는 내게 미소를
지어줄까 어떨까. 같이 차라도 한잔해요, 다정히 말이라도
걸어줄 것 같은데. 불과 십여 년 전, 그녀가 세상을 떠났다는
사실이 야속하기만 하다.

지난 세기, 멀고도 가까운 이웃나라 섬에서 뜨거운 생을 살다간
이바라기 노리코. 자기 나름의 사랑과 정의를 위해 아름다운
투쟁의 시간을 살다간 시인. 무엇이든 솔직하게 받아들이고
최선을 다해 수용하여 자기 언어로 풀어내고자 하는 시원스런
용기, 어떤 편견 없이 죄의식 부끄러움 열등감 상실감
분노까지도, 기쁨 환희 추억까지도, 모든 감정의 광주리를
안고서 용감하게 한 걸음씩 나아가는 경쾌하고 성숙한 어른의
모습, 을 시집『처음 가는 마을』로 모두와 함께 나누고 싶다.
끝으로 이바라기 노리코가 시인 홍윤숙에게 띄운「그 사람이
사는 나라」에 대한 홍 시인의 답시「지상에 남은 또 하나의
이야기」*를 이 지면으로 다시금 불러낸다.

* 그날 / 마음의 날개 달고 바다를 건넜다 / "그 사람이 사는 나라" /
언어와 풍습이 서로 다르고 / 나라 사이 풀어야 할 숙제도 많고 / 어린
시절 숱한 상처의 기억도 아직 생생하지만 / 우리들 머리 위에 같은
하늘이 있고 / 하나의 태양을 우러러 사는 / 하늘 아래 지붕도 비슷이
고즈넉한 / 사람도 집처럼 고즈넉한 / 그 나라 시인이 사는 집 / 도쿄도
호야시 히가시후시미초 / 따뜻하고 적막한 기품으로 가득한 / 그 집
작은 뜰에 홍백의 산다화 두 그루와 / 바람이 대문 대신 지키고 있었다 //
시인의 집엔 집보다 큰 침묵이 / 오래 묵은 오동나무 둥치만 한 큰
침묵이 / 잠잠히 누워 있다가 천천히 깨어난다 / 은자(隱者)처럼 조용한
그 집 시인도 / 잎이 푸른 오동나무 그늘 같은 깊은 눈매로 / 때 아닌
내객(來客)을 맞아 / 향기로운 차를 달여준다 / 화려한 '스시'의 성찬을
베풀어준다 / 헌칠하고 세련된 시인의 모습은 / 가을 서리 속에 흰

지금은 세상에 없는 두 시인. 서로 다른 환경에서 성장해
서로 다른 모국어를 쓰면서도 서로의 언어와 문화에 관심과
애정을 갖고 이웃나라를 여행했던 방랑자들. 두 시인이
우연히 만나 친구가 된 후 서로를 존중하고 그리며 쓴 서신과
같은 시다. 오늘 나는, 정치나 이념을 떠나 따뜻한 온기가
흐르는 사람과 사람 사이를 잇고자 한 그녀들의 흔적을
가만가만 읊조린다. 이것이 나에게, 또 우리에게 '지상에 남은
또 하나의 이야기'를 지을 영감이 되길 바라며.

　　정수윤

국화처럼 청아하다 / 오래 막혔던 침묵을 풀고 / 그윽한 눈길 속에 /
따뜻하고 그리운 시간들이 흘러가고 / 이윽고 그의 집 침묵과 바람과
산다화를 작별한다 / 그를 닮은 따뜻한 침묵이 / 그와 함께 골목 밖까지
따라 나와 / 눈으로 잠잠히 이별을 고하고 / 나는 돌아서 기약 없는
하늘을 잠시 바라본다 / 건너간 바다를 다시 건너오며 / 지상에 두고 갈
또 하나 그리운 / 석양의 이야기를 생각한다 (홍윤숙, 「지상에 남은 또
하나의 이야기——일본의 시인 이바라기 님에게 보내는 답시」,
『지상의 그 집』, 시와시학사, 2004.)

수록 작품 출전

「더 강하게」, 「작은 소용돌이」
　　『대화(対話)』, 시라누이샤, 1955년 11월.
　　데뷔 시집. 1950년부터 이바라기 노리코라는 필명으로 시를 쓰기
　　시작했으며 1953년 시 동인지 『노』를 창간, 이후 다니카와 슌타로 등
　　시 동인과 교류하며 본격적으로 시작활동을 펼쳤다.

「6월」, 「내가 가장 예뻤을 때」, 「학교　그 신비로운 공간」, 「처음 가는 마을」,
「창문」, 「벗이 온다고 한다」
　　『보이지 않는 배달부(見えない配達夫)』, 이이즈카쇼텐, 1958년 11월.
　　두 권의 시집으로 현대 비평정신을 토로하는 몇 안 되는
　　시인이라는 평가를 받았다. 대담하고 박력 있는 어조로 여성의 목소리를
　　내는 시인으로 주목받기 시작했다.

「여자아이의 행진」, 「되새깁니다」, 「바다 가까이」
　　『진혼가(鎮魂歌)』, 시초샤, 1965년 1월.
　　세상을 떠난 이들의 삶과 말을 기억하며 쓴 시들이 주를 이룬
　　세 번째 시집.

「전설」, 「목을 맨 남자」, 「말하고 싶지 않은 말」, 「시인의 알」
　　『이바라기 노리코 시집(茨木のり子詩集)』, 시초샤, 1969년 3월.

「이자카야에서」, 「안다는 것」
　　『인명시집(人名詩集)』, 야마나시실크센터출판부, 1971년 5월.
　　시인이 인생에서 만난 여러 인물들과 대화를 통해 얻은 내적 통찰을
　　시로 엮은 네 번째 시집.

「버릇」, 「자기 감수성 정도는」, 「얼굴」
　　『자기 감수성 정도는(自分の感受性くらい)』, 카신샤, 1977년 3월.
　　남편과 사별 후 써내려간 다섯 번째 시집. 이 시집으로 '일본 현대시의
　　장녀'라는 별명을 얻으며 현대여성시인의 기수로 자리매김했다.

시인은 "자기 감수성 정도는 스스로 지켜라 이 바보야"가 스스로를
다잡기 위해 자기 자신에게 던진 외침이었다고 밝힌 바 있지만, 인생의
갈피를 잃고 방황하는 사람들에게 큰 반향을 일으켰다.

「질문」, 「낙오자」, 「이정표」, 「이 실패에도 불구하고」,
「떠들썩함 가운데」, 「이웃나라 언어의 숲」
　　『소소한 선물(寸志)』, 카신샤, 1982년 12월.
　　쉰의 문턱에서 홀로된 외로움을 견디려 한글을 배우기 시작한 시인은
　　「이웃나라 언어의 숲」에서 자신이 느낀 솔직한 심경을 그려냈다.

「12월의 노래」, 「호수」
　　『이바라기 노리코(茨木のり子)』, 카신샤, 1985년 5월.

「답」, 「식탁에는 커피향이 흐르고」, 「총독부에 다녀올게」, 「벚꽃」
　　『식탁에는 커피향이 흐르고(食卓に珈琲の匂い流れ)』, 카신샤, 1992년
　　12월.

「나무는 여행을 좋아해」, 「그 사람이 사는 나라」, 「쉼터」,
「기대지 않고」, 「물의 별」
　　『기대지 않고(倚りかからず)』, 치쿠마쇼보, 1999년 10월.

　　「저자 후기」 전문
　　어느 날, 내몽골에서 항공우편이 도착했다.
　　H라는 일본 청년이 보낸 편지였는데 "삼림지대 자원봉사 일로
　　일 년 동안 내몽골에서 지낼 예정인데 여기서 읽으려고 당신의 시집을
　　한 권 가지고 왔습니다"라고 쓰여 있었다. 물론 미지의 청년이고
　　추정 나이는 25세.
　　간결하지만 정감 있는 편지였다.
　　이런 젊은 사람도 있구나 싶어 놀랍기도 했고, 몽골의 천공에
　　펼쳐져 있을 수많은 별들을 상상하기도 했다.
　　삼십 년 지기 친구이자 편집자인 나카가와 미치코 씨가 새 시집을
　　내자고 강력하게 권했을 때도 좀처럼 결심이 서지 않았는데,
　　내몽골에서 온 한 통의 편지를 계기로 문득 여덟 번째 시집을
　　내볼까 하는 생각이 들었다. '지금, 시를 쓴다는 것은 무엇인가?'라는
　　물음을 스스로에게 끊임없이 던져왔기 때문이다.
　　원고도 완성되기 전에 표지그림이 먼저 도착했다. 의자 그림이어서
　　초고에 있던 「기대지 않고」로 표제까지 정해져버렸다.

이번뿐만 아니라 항상 외부에서 다양한 힘이 작동해서 떠밀리듯
어떻게든 형태가 이루어져 왔다. 진심으로 감사하게 생각한다.
돌이켜보면, 인생 전체에서 나의 의지로 분명히 한 걸음 앞으로 나아간
경험은, 손으로 꼽아 딱 다섯 번뿐이었다.

1999년 가을, 이바라기 노리코

「행방불명의 시간」
　　『이바라기 노리코　말의 잎 3(茨木のり子集　言の葉 3)』, 치쿠마쇼보,
　　2002년 10월.
　　시인이 직접 고른 시대별 시와 에세이를 엮은 총 3권의 선집.

「그날」, 「꿈」, 「달의 빛」, 「부분」, 「샘」, 「연가」, 「짐승이었던」,
「서두르지 않으면」, 「(존재)」, 「(팬티 한 장 차림으로)」, 「세월」
　　『세월(歲月)』, 카신샤, 2007년 2월.
　　시인이 세상을 뜬 후 서재에서 발견된 'Y의 상자'에 담긴 미발표 시들을
　　엮어 출간한 시집이다. Y는 시인보다 먼저 세상을 뜬 남편 미우라
　　야스노부의 이름 머리글자로, 상자 속에는 31년 동안 남편을 그리며 쓴
　　시 39편의 육필원고가 들어 있었다. 시집 제목은 상자 맨 아래 있던
　　시에서 가져왔으며 「(존재)」와 「(팬티 한 장 차림으로)」는 제목이 붙어
　　있지 않아 시의 첫 연에 나오는 적당한 어휘를 괄호에 넣어 제목으로
　　삼았다고 한다.

「3월의 노래」, 「11월의 노래」, 「12월의 노래」, 「길모퉁이」
　　『스크랩북』.
　　시인이 신문, 잡지 등에 실린 자신의 시를 스크랩해둔 노트.

지은이 　이바라기 노리코(茨木のり子)

　　　본명 미우라 노리코, 1926년 6월 12일~2006년 2월 17일.
　　　일본의 시인, 수필가, 동화작가, 각본가.
　　　오사카에서 태어났으며 아이치현에서 고등학교를 졸업하고 도쿄의
　　　제국여자전문학교로 진학했다. 전쟁 중 공습을 피해 다니다 패전 후
　　　희곡을 쓰기로 결심한다. 희곡, 동화, 라디오 각본 등을 쓰다
　　　결혼 후 필명을 이바라기 노리코라고 짓고 잡지 『시학』에 시를 투고하며
　　　시인으로 활동했다. 1953년 다니카와 슌타로 등 작품 성향이 비슷한
　　　시인들과 시 동인지 『노(櫂)』를 창간하고 1955년 첫 시집 『대화』를
　　　발표했다. 「6월」, 「내가 가장 예뻤을 때」, 「자기 감수성 정도는」 등
　　　대표작으로 전후 일본을 대표하는 시인으로 이름을 알렸으며, 『보이지
　　　않는 배달부』, 『진혼가』, 『기대지 않고』 등 총 아홉 권의 시집을 남겼다.
　　　남편이 세상을 뜬 이듬해인 1976년부터 한국어를 배우기 시작했으며
　　　한글과 한국을 접하며 쓴 에세이 『한글로의 여행』이 있다. 만년에는 시를
　　　쓰는 한편, 한국현대시 번역에 꾸준히 매진했으며 1991년, 번역시집
　　　『한국현대시선』으로 요미우리문학상(번역부문)을 수상, 한국시를
　　　일본에 알렸다. 2006년 2월 17일, 향년 80세에 도쿄에 있는 자택에서
　　　별세했다. 30년 먼저 세상을 떠난 남편을 그리며 쓴 시 39편이 들어 있는
　　　'Y의 상자'가 서재에서 발견되었다. 유고시집 『세월』을 끝으로
　　　이 세상과 작별했다.

옮긴이 　정수윤

　　　경희대를 졸업하고 와세다대 문학연구과에서 석사 학위를 받았다.
　　　지은 책으로 『모기 소녀』, 옮긴 책으로 다자이 오사무 전집 1권 『만년』,
　　　4권 『신햄릿』, 7권 『판도라의 상자』, 9권 『인간 실격』, 아쿠타가와
　　　류노스케 『문예적인, 너무나 문예적인』, 미야자와 겐지 『봄과 아수라』,
　　　오에 겐자부로 『읽는 인간』, 와카타케 치사코 『나는 나대로 혼자서
　　　간다』 등이 있다.

처음 가는 마을

초판 1쇄 발행   2019년 1월 31일
초판 6쇄 발행   2024년 9월 25일

지은이   이바라기 노리코
옮긴이   정수윤

발행인   박지홍
발행처   봄날의책
등록   제311-2012-000076호 (2012년 12월 26일)
주소   서울 종로구 창덕궁4길 4-1, 401호
전화   070-4090-2193
전자우편   springdaysbook@gmail.com

기획·편집   박지홍
디자인   전용완
인쇄·제책   세걸음

ISBN 979-11-86372-61-6 03830

이 도서의 국립중앙도서관 출판시도서목록(CIP)은 서지정보유통지원
시스템 홈페이지(http://seoji.nl.go.kr)와 국가자료공동목록시스템
(http://www.nl.go.kr/kolisnet)에서 이용하실 수 있습니다(CIP제어번호:
CIP2018038525).